北京人随笔

张恨水 著

四川大学出版社
SICHUAN UNIVERSITY PRESS

图书在版编目（CIP）数据

北京人随笔 / 张恨水著 . -- 成都 ：四川大学出版
社，2025. 3. -- ISBN 978-7-5690-7714-8

Ⅰ．I266

中国国家版本馆 CIP 数据核字第 2025GN4582 号

书　　名：北京人随笔
　　　　　Beijingren Suibi
著　　者：张恨水

责任编辑：蒋姗姗
责任校对：廖庆扬
装帧设计：曾冯璇
责任印制：李金兰

出版发行：四川大学出版社有限责任公司
　　　　　地址：成都市一环路南一段 24 号（610065）
　　　　　电话：（028）85408311（发行部）、85400276（总编室）
　　　　　电子邮箱：scupress@vip.163.com
　　　　　网址：https://press.scu.edu.cn
印前制作：人天兀鲁思（北京）文化传媒有限公司
印刷装订：北京文昌阁彩色印刷有限责任公司

成品尺寸：145mm×210mm
印　　张：7.5
字　　数：136 千字

版　　次：2025 年 3 月 第 1 版
印　　次：2025 年 3 月 第 1 次印刷
印　　数：1—3000 册
定　　价：68.00 元

四川大学出版社
微信公众号

目 录

遍览京华

卢沟晓月及其他

"卢沟晓月"为燕京八景之一，这是人人所知道的。可是以旧都的建筑和风景来说，可取的名胜很多。而古人取景，不过八项，确是相当严格。在这严格之中，这桥头上的落月，居然称为一景，那就可想这里面大有理由了。原来这卢沟桥，是出京入京的最先或最后的一站。在铁路未建设以前，除了向东北角去而外，其余来往旧都的人大概总必经过卢沟桥。那万里求名的人，终年风尘奔走，到了卢沟桥，国都在望，缓过一口气，心里想着好了，快到目的地了。有的还不免换上一套衣冠，洗洗手脸，扫除塞灰，好装个样子入京。至于出都的呢？出了外城彰仪门，这里头一站歇脚，也就开始要换掉他在旧都这一种安闲生活。无论此去说得意或是失意，都在这一站开始。有那相好的亲友，坐着骡车，或骑着小毛驴，顺了大道，直送到卢沟桥来。在这桥头街上，找个茶酒馆儿黯然话别。这也就让人对这里加上一番留恋了。这不如唐朝的灞桥，就为了冠盖的送往迎来，引起了世人的注意。

读者如看过《卢沟桥》这电影片子，你略略可以看到卢沟桥外貌的一般吧。那桥正如富于诗意的桥名，平平的、长长的，横卧在卢沟上。桥是石板铺的，车轮在上面滚着，起了哄哄之声。驴蹄在上面踏着，起了啪啪之声。桥两边矮矮的栏杆，栏杆柱上，雕着大小的石狮，瞪着大眼，向过桥人望着。有时桥上摆两个露天摊儿，卖"山里红"的，将一串山楂挂在狮子头上。卖大柿子的，顺着石栏杆，摆上一排大柿子，在两只栏杆柱的狮子头上，让它各顶上一枚，这是多么的有趣！

桥头上有一截街道，如今是被时代淘汰了，很冷落的，还应付着走短程的人。可是五十年前，这里可热闹得了不得。笔者自然是没赶上这份儿热闹。可是据父老相传，这街面上官马大道，两旁有茶馆，有酒饭馆，有车行，有镖行，有客店，自然也有些杂货店。店门外有着走廊子，廊柱上拴着骡马牲口，廊外停着大车和骡车。茶馆外立着绿荫荫的杨柳或老槐，红木桌椅在树荫下陈列着。茶客虽说着南腔北调，但大半会撇两句京腔儿，满座闹哄哄的。酒饭馆里拦门立着短栏，里面说锅灶，刀勺儿乱响，油香味直冲上街心。没走廊的街边小摊子，也撑上个蓝布棚儿，棚底下卖东西的，操着圆熟的京腔，吆喝着出卖的东西。赶上春秋两季，北方的天气，是那么晴朗，太阳黄黄儿的，晒着上十丈宽的平坦土路。空间自不能那么干净，马车过去，碾起一股灰尘。这是北国情调少不了的。

街道上来往的人，可多了。一辆黄油骡车罩着蓝布棚儿，前面车把套上一匹健壮的棕色骡子，骡夫手挥挥钓鱼竿似的长鞭，牵了缰绳走。车棚口上坐着一老一少，穿了彩色的缎长衣，青缎子裤儿，盘腿在红呢坐垫儿上露出来，后面也许就跟着一大群骆驼。它伸长了古怪而弯曲的颈子，当儿叮当，响着长颈下那个大笨铃儿。对面来了一群骡马，牲口头上罩着红缨，背上驮着行李。行李上插了有色长方旗子，表示是哪个镖行里的。也有人骑着小毛驴，头上罩着风帽罩儿，后面随里一担行李，直奔那门口挂着圆纸灯笼的招商客店或仕宦行台，这里是个古代行业展览会。离人感触到是别绪，商人贩卒感触到是辛苦和利，艺人感触到是画与诗。

或许这天你赶不上进京，在这里歇息；也许你出京太晚，不能再走。自然次日你得早起。也许你碰巧赶上是下弦月，最好还是秋天，身上虽穿了棉衣，拂晓仍带来了袭人的严寒。空气触在人面上，有点儿扎汗毛孔。在牲口背上，经过了卢沟桥，见上下游两岸，疏疏落落的若干大柳树在芦苇丛伸入寒空，天上是鱼肚色，略略有几片云，数得清的星点，帽顶儿那么大，亮晶晶的。月亮像一把银梳子，斜挂在西岸柳树梢上。她本身尽管是镀了银，可是洒下来的光亮，却有些浑茫不清，两岸的人家树木，全是朦胧的影子。桥上有风，但没什么响声，因为风小得很。桥下的水，起着鱼鳞浪纹，触在浅沙上，渐渐儿的，冷冷儿的，有些响，卢沟水在浑茫的月光下从平原上流下来，又这样钻入芦苇丛中去。远远儿的有几声雄鸡鸣，和牲口的铃声响应和。读者先生，你觉得这风景怎样？是辛苦，是别绪，是诗与画？

卢沟桥有月就好，而晓月可就不光是好，是异样的好！这是千千万万人早过卢沟桥得来的经验，所以就荣任为燕京八景之一了。虽然最近三五十年中，被桥外的平津铁路大桥，把这一些冲洗去了，但在五年前，你要领略这卢沟晓月，你还可以领略得到，只有南下的平汉早车，一刹那的奔雷响声，是一种蛇脚。

可是近五年来，这一切是"雕栏玉砌应犹在"的幻想中物。慢（漫）说是在数千里外的我们，便是卢沟桥头的劫余百姓，也不能，更不敢去领略这晓月。天上还有那银梳子洒下来的浑茫的光，所罩着的是太阳旗下的碉堡，是宛平县城墙一堆残砖，是守

5

土健儿的一丛荒冢。情调败了，是凄凉，是恐怖。总而言之，是一把眼泪。卢沟晓月，五六年了，久违！

（1942 年 7 月 7 日重庆《新民报》）

天安门

（一）

今天，十九年前的今天。

北京的正阳门，长年闭着的，今天为盛典而洞开了。阁下也许没有到过北平，可是在纸烟牌子上，阁下一定看到过大前门的绘图。壮丽的、整洁的，那就是正阳门的门楼。站在正阳门下，看见一条青石板的御道，在广场中间，作一条直线，穿过比较矮小的第二重门楼中华门。这御道在那红色墙垣下，穿过一个透明的半截椭圆形的环洞，两边直的石板，夹着中间横的石板，由面前宽可丈余的面积看去，越长越窄，在中华门里的极端，那御道缩小得成了尺来宽的青灰色线条，裹在绿树中间，这幅构图，实在有趣。小朋友们，若不懂得什么是图书上的透视法，引他到这里一看，那就明白了。

这个双十节，这条御道，打扫得是格外干净。每块石板，都像无光的镜子，夹着御道，红色的木棍柱，拦了红绳儿，建立六尺高的绳栏，绳子上像垂牛乳葡萄似的，每隔一尺距离，垂着一个枣儿形的红纸灯笼。灯笼上贴着黄色的纸条，嵌成"国庆"两个字儿。这种点缀，由正阳门下顺御道而上溯，直到伟大的天安门下。

平常，春秋佳日，我们就喜欢在这御道上溜达。这日，这红纸的枣形灯笼，莫名其妙的，给了我们一种鼓舞，向来不在这里散步的人，也来散步了。这是早上九点钟附近，北方大陆的秋意，已洒满了大地，由中华门到天安门的红色宫墙，围着了半焦黄色的树林。在几十亩的广场里面成堆的黄绿色枝叶，被淡黄色的日光，装饰了一种冲淡色调。尤其是夹了御道的槐树和马缨花树，焦黄的更多些儿，不算晴天，也不算阴天，微微的风，在半空里带些浮尘经过。路边的树，像年老的妇人在那里跳舞，摇撼了一次比一次稀疏的树叶，有点沙沙之声。打扫干净了的御道，因为躺在这焦黄半绿的巷子里，又有些零碎的叶片浮散在上面，破坏了它的整洁无痕。但也唯其是这样，满地都透着秋意。

（1942 年 10 月 10 日重庆《新民报》）

（二）

一直向前走，广场在石板地面上开朗起来。正对面，天安门城楼，八角飞檐，在红色的高墙上耸立着。黄色和绿色的琉璃瓦，盖着那四面张开的楼顶，半空里浮着古老的富贵的气氛，除了白云，便是在屋角上的宫鸦，可以和它比个高下。往常这楼俯瞰着楼下一道御河，三道白玉石御桥，四根白石华表和几对大石狮子，使面前一片绿树林显得又矮小，又幼稚。今天多了一样东西，在华表下面，一列扎了三架彩绸布牌坊。那时，北京电车还没有铺轨，天安门外多公园，也没有修筑柏油路。横贯东西城多石板大御道，在彩牌坊下悄悄儿地躺着。御道在树林子外头，上面是广大的天空，游人虽成群儿地溜达着，对着那高可十丈的城楼，都觉得渺小极了。广场四周，还是红木柱、红绳、红灯笼，在大石板地上围了新式的栏杆。好在这全是东方色彩的玩意儿，也不见得对这古老建筑，有什么不调和。人在红灯笼阵里，直转到彩牌坊下来。头里，也不过觉着这牌坊格外高大些而已。牌坊下，垂着四五尺长的五色绸缚儿，随风摇摆，引起游人对牌坊的注意。这就发现了中间那座伟大的牌坊，用十六根五彩柱子支着，非是偶然。牌坊中门顶上，有一块二丈来长、一丈来高的横额。红色的底子，写着金字。头一行字，有一丈见方，乃是如下六个字：中华民国宪法。这一行大字后，就是一条条的宪法。最近由参、众两院通过的条文，在笔者写出来的今天，已是历史的渣滓，无须去说那文字内容了。但当年第一届国会的一部分议员，却把这个当了得意之笔，那意思就是说，悬之国门，不能更易一字。

（1942 年 10 月 11 日重庆《新民报》）

（三）

当时在彩牌坊下的游客，虽有些人抬起头来，看着条文，而他们脸上，像面对了一堵砖墙一样，没有一丝反应发生。也有几个像样的游客，一面走着一面笑着说：这是议员老爷遮丑的玩意儿，免得人家说他就只会卖总统选举票。又有人说：公布宪法干什么？这多年没宪法，我们也过着日子。他议员老爷，少狂嫖浪赌几回，少兼几个差，也就少替国家生许多是非，那就得了。彩牌坊下的游客叽咕着，自由自在地顺了御道走过去。

我那时已是一个新闻记者，正打算收集些国庆新闻材料做上海通讯。我在一丛槐树下，望了高崎在天空的天安门，心想，这地方自明朝以来，总演出过不少的悲剧和喜剧。可是这样一场大戏，而被观众这样冷落的，恐怕这是第一次。我心里设想着，眼望了三三五五经过彩牌坊下的游客。回头一看左边，中央公园的门口，人却成了巨浪一样，向大门口推涌。两个人力车夫，懒懒地拖了车子，在树林里小道上遛去。一个道：今天逛公园的人，这样多？一个道：今天白逛，不要二十枚铜子儿的门票。我听了，深深地起着感触，百年大法，没有二十铜圆的吸引力量。这三座牌坊出现，耗费了多少民脂民膏，倒是这样轻描淡写地点缀了国庆。可是，把这个"缀"字改了"污"字的话，那又唯恐其不轻描淡写了。我抖了两抖身上沾着的几片落叶，在淡淡的西风里逆了白逛公园的人浪，在人行路外树下无精打采遛回去。

"当时经过浑无赖，过后相思尽可怜。"天安门的石狮子，也许它还能回忆一下。它暗下说，不是你们往年那样没劲，也不至于让我瞪眼看红膏药的白旗。天安门头上两三只乌鸦，带着琉璃瓦光在阴空里盘旋，叫着苦呀！苦呀！伏在广场上的马缨花树、槐树、榆叶梅等带花的各种树木在西风里颤抖着，发出沙沙瑟瑟之声，好像说：人类呀！别在宇宙里制造历史渣滓！

（1942 年 10 月 12 日重庆《新民报》）

北平东兴楼

据老婆和戏迷们说：看戏别上后台，吃馆子别上厨房，那意思是说后台的凌乱，与厨房里的龌龊，足以引起我们的厌恶，这实在是经验之谈。即以我们自己家里的厨房而论，就不是我们理想的那样干净。在电影里，我们看到美国人的厨房，白粉糊墙，瓷砖面地，再配上玻璃与白铁一类的器具，实在令人钦慕。

这一点，馆子老板，也许已感触到，听说上海曾有某家菜馆，欢迎食客参观厨房。但其结果却不怎么好，如果好的话，那就该出名了。倒是北平的东兴楼，它自然地表现所长，有了大收获。它是纯旧式的北京餐馆建筑，厨房在店门口的右侧，食客一到，就可以看到它的厨房。它的厨房干净，有一个极大的证据，就是在夏天，也很难在那里找到一只苍蝇，因之，教育界大捧场，东交民巷外国人，不断来吃中国饭。生意之佳，为旧京菜馆之冠。

由此看来，上海那家欢迎食客参观厨房的菜馆，总还没有很自然地抓住食客心理吧！

（1942 年 11 月 29 日重庆《新民报》）

春游颐和园

四月中旬，清明已过，新红破蕊，嫩绿抽芽，这正是游园的好季节。

颐和园是我们祖国最大的一个花园。当年的建筑工人汇集了苏州、杭州、无锡等处有名的风景、建筑形式，修造成这样一座美丽的花园。但是，这里的山——万寿山，水——昆明湖，却是天然的山水。远在一千五百年前郦道元的《水经注》里，就记载了这个山、这个水，而且还说它是更古一些的"燕之旧池"，并且在郦道元那时候，就已经是享台远瞩，陆游之地的风景区。但在后来，却被统治阶级占为已有，成为禁苑。远在八百年前，金朝建都燕京的时候，这里就修筑了"西山行宫"，山称昆山，水称大泊湖。到了明朝，又增加了不少建筑，便起了个园名好山园。到了清代乾隆年间，把它列为禁苑之一。1750年改名清漪园，山改名万寿山，水改名昆明湖，更修筑了周围十六华里的园墙，人民从此再想看一看那波平如镜的水面，却不可能了。后来，

1860年英法联军攻进了北京城，焚毁了圆明园和这座清漪园。英法联军走了，逃跑到热河的西太后回到北京，为了她个人的享受，竟动用了最重要的国防费用——海军经费，来重修这座园林，因为她要"颐养天和"，就从她个人享受上改了园名叫颐和园。不但把原来清漪园重修起来，还另外修建了许多殿宇楼阁，如有名的排云殿，就是那次重修后的新建筑物。颐和园由于封建统治阶级搜刮民财、荼毒民命（为了修颐和园，曾收土药税，公开卖鸦片烟），枉费人力，才把这座名园装点得如此宏丽，我们今天游颐和园时，不能不对这种暴政憎恨，但也不能不对我们劳动人民的灵巧双手表示钦佩。1914年，颐和园开放了，但园内建筑并未修葺，并定极高的票价（1935年票价一元），所以那时颐和园的开放，对于广大劳动人民来说，仍然等于禁苑。解放后，颐和园经过政府大力的修缮，二百七十三间的长廊，不但藻绘一新，而且每间都画出不同的风景来。颐和园里有一个地方叫画中游，我看走一走长廊，那才真是画中游呢。

春天了，我们好好游一游颐和园吧。

颐和园在北京西直门外西北二十华里，有京颐、西颐两条公路可以从城里直达园门。我们一过海淀镇，便可远远看见仿佛仇十洲青绿山水画中的云中楼阁，那就是高达一百三十五公尺的万寿山。等到了园门，只见焕然一新的朱门，却看不到山景了。进园门过了仁寿门，迎面就是仁寿殿，里面陈设着西太后坐朝的原样子，有宝座、御案和龙凤宫扇等旧物，那里有服务员给游人讲解西太后坐朝的情形。向西北走，是德和园，里面有三层楼的戏台，戏台对面是颐乐殿，西太后就坐在颐乐殿里看戏；当那颐和园里锣鼓喧天的时候，也就正是园外六郎庄、挂甲屯一带稻农含着眼泪卖青苗的时候。现在，每年夏天有工人同志、劳动模范在这里休养，颐和园接待了它自己的主人。

　　穿过宜芸馆后身，就到了乐寿堂了。乐寿堂是当年西太后的卧室，现在仍然保留着当年西太后在这里饮食起居的一些排场，从这里我们可以看出封建统治阶级奢靡的享受来。乐寿堂后院有玉兰花四株，这在北方是很少见的名贵的花木，据说，从前清漪园时代，这里的玉兰还是蔚然成林的，所以这里叫过玉香海。但那些名花也在1860年被英法联军给摧毁了，仅剩下这四株，还可以供我们欣赏，从它身上也引起我们对帝国主义者的更强烈的仇恨。宜芸馆的南面是玉澜堂，正在仁寿殿后。乐寿堂的前轩，额为"水木自亲"，打开门来，就是昆明湖。

出乐寿堂，从邀月门起，往西直达石丈亭，就是那二百七十三间长廊了。长廊既是这样长，所以靠山一带名胜，就都在它的怀抱中了。放眼望昆明湖上一看，只见春波荡漾，十里湖光；再远看一点儿，十七孔桥把湖山分成了两半儿；仿照黄鹤楼形式建筑的涵虚堂，和北岸遥遥相对，矗立在南湖小岛上；堂下就是游船的码头，岛上还有龙王庙。横卧在湖的西部的是长约五里的西堤，堤上有仿西湖六桥的豳风桥、玉带桥、镜桥、练桥、柳桥、绣绮桥。沿堤杨柳，已然抽出来新叶，飘拂着水面，真仿佛是到了西湖柳浪闻莺了。走到东段长廊的西头，正对着西湖云辉玉宇的北面宫门，那就是排云门。颐和园里安排得样样都好，只是那些殿宇题名太富贵气，唯有用这排云两字，才比较好些。游人进了排云门，过了荷花池的小石桥，进二重门就是排云殿，这里是颐和园的山景中心，过去是西太后受朝贺的地方，殿里还有原来样式的陈设，只是经过反动政府多年的摧残，陈设已然不是原来那样了。排云殿后是德辉殿，德辉殿后是佛香阁，一层比一层高，都围绕着名胜而上。上完了这些名胜，再朝下一看，真是排云而上啊！佛香阁是金山的最高处，是八角形的三层佛阁，下层内供接引佛。它和德辉殿完全是石级，要步步爬上，这个石级，也有名字，叫做朝真礅。此外还有两条路：往东通转轮藏，转轮藏楼前有"万寿山昆明湖"的大石碑，碑阴刻着《万寿山昆明湖记》。往西通宝云阁，这个阁的栋宇、窗牖、佛案，完全是用铜铸成的，所以又叫铜亭。从这里，我们可以认识到我们祖先高度的冶金技术和劳动人民的辛勤劳动。

返回来，我们再从排云门顺着西段长廊往西游，经过山色湖光共一楼、听鹤馆，就到了长廊西尺头的石丈亭，现在这里辟做食堂——饮食服务处，每到假日，有多多少少的游人们在这里进餐，他们吃着价格极便宜的干烧鲜鲭鱼，欣赏着祖国的山水景物，欢度自己的假日。石丈亭外，那就是纯石头建成的清宴舫了，说起清宴舫，也许有人不知道，可是你提起它另一个名字石舫，那就无人不知了。石舫本来是从乾隆年以来的旧名字，1903年在石舫上又起了二层楼，才改称清宴舫。清宴舫旁，就是船坞，从这里可以坐船到南湖龙王庙去。我们不坐船可以从此登山，虽然登山，可是一路也是石桥流水，亭榭重叠。登山东行，半山之上，有石面路，斜曲向前，徘徊四顾，西山、玉泉山如行人在空中招手，西山更加亲近似的。路平空一曲，便抵画中游了，如从正面来说，画中游正在听鹤馆后上方，高度是一零五公尺，它已然是

半山腰了。这座画中游，是由一座二层的八角亭为主体建筑，配
以东面的爱山、西面的惜秋两楼，联系着画廊，一道曲线，在树
木中穿过，叫画中游，倒是不错。再宛转东行，经过湖山真意，
就到山顶的智慧海了。智慧海在佛香阁之后，俗称无量殿或无梁
殿，三楹佛殿的栋宇窗牖，全是砖石砌成的，外砌琉璃砖，砖上
全有佛像，殿南有琉璃牌坊一座，我们在远处看，琉璃瓦在日中
大放光芒的，就是这里。在智慧海可以看到整个湖面园景，也可
以看到后山的各处风景，在智慧海的下面，后山腰上的是香岩宗
印之阁，再下面就是只剩有殿基的须弥灵境，须弥灵境左右点缀
着几处园、斋、轩、楼，现在也大部分倒塌了。过了须弥灵境，
就是后湖，上有长桥，直达北宫门，北宫门就是原来清漪园正门，
新中国成立后开放了这个门，便利了不少游人。门内的西边，后
湖的北岸，就是当年的苏州街，那是乾隆年间在这里列市，备统
治者游览逛市的地方。

　　我们不向后湖去了，往东下山吧。稍南的一偏，行到半山中
间，在四山成荫，寂无人语的境界里，看到一个亭子，这就是重
翠亭。远看湖中，近看山底，水色空蒙，山光隐约，真是绝妙佳境。
下山经过景福阁，到了一个山石重叠，修竹摇曳，清流潺潺的所

在，这就是谐趣园的西北角玉琴峡，这就是仿照惠山寄畅园修造的园林，原名惠山园，1893 年重修后改名谐趣园。园里有随着堂、轩、楼、斋筑就的水池，夏季荷花盛开的时候，是别有风趣的。由玉琴峡往东南一拐，就是谐趣园正厅涵远堂，是以前西太后避暑的地方，现在是陈列着古物，在明净的玻璃窗里，可以一览无余。涵远堂的东后偏是湛清轩，里面藏有刻石。顺着白玉石栏东南行，在东岸的是知春堂。由知春堂过知鱼桥，顺着画廊西南走，过饮绿亭和洗秋、引镜两亭，就到谐趣园的园门，回顾那春水微波的谐趣园就如在脚下，而园西的澄爽斋、瞩新楼却兀自独立在谐趣园门的北面，它仿佛是谐趣园的欣赏者和旁观者。出了谐趣园门向南走，经过一个上写"赤城霞起"的城关式建筑，那就又到了西太后听戏的德和园了。

我们没游南湖、西堤，可是我们从长廊远观了它的秀丽景色。我们也没游后山，可是从智慧海俯视了后山全景。这一个封建统治王朝修建的禁苑，而今成为广大人民游览胜地。

（《北京文艺》1956 年 4 月号）

北京动物园

北京动物园，在西直门外。从右边进去，先是小动物园。现在我把这些小动物介绍一下。

进园来一看，有大柳树数十棵，浓荫罩着院子，中间有一个大水池，两边是动物住的房间，有两人高。这样的屋子，有二十所，一律隔成三间。屋子都是面对面排列着。到院子顶端，有一座猴儿山，用石子、水泥砌成，石栏杆，中间凹下去。在那凹下去的地方，堆了很大的一座假山，猴子在上面爬上爬下。

大熊猫与小熊猫

先给诸位介绍这小动物园里的稀有动物。那三双大熊猫，是熊一类的东西，外表又仿佛像猫，不过身体大得多，雄的有一百五十公斤，雌的有一百公斤。身上的毛很光泽。全身以黑白两色为主，四肢、耳朵、眼圈、肩膀，全是黑的。此外差不多都是白的。出产在西康、四川的天全、宝兴、泸定、汶川一带。它们极不怕冷，平常住在五千公尺以上的冰天雪地之中。它昼伏夜出，雌雄两两，缠在一起。捕捉它极为困难；捉到了，倒是很温驯的。在每年夏末秋初，只生产一个崽。

小熊猫与大熊猫都是同科目的浣熊科的熊类，不过它们绝不是一个种。你看，这里的一双小熊猫只有小哈巴狗那么大，长着一条很长很粗的尾巴。再看它毛的颜色，全身以赤黑色为主，加上一点儿黄白色。上身完全是赤栗色，下部四肢是黑色，头和耳朵又有些白斑。大熊猫只产于四川、西康两地的某些县，而小熊猫却产于尼泊尔、西藏、四川西南、云南北部。单拿这一点来论，显然也大为不同了。小熊猫又叫九节狼，或者叫山门蹲。与大熊猫一样，喜欢栖息在人烟稀少、高达三四千尺以上的森林地区。平常总是三五只在一起，住在树林里或山崖的空隙中。它不怕冷，极怕热。夏天温度到达摄氏二十度，大熊猫就热得直喘气，小熊猫也受不了。小熊猫喜飞跃，性怯懦，捕得后，很温驯。它平常也是昼伏夜出。虽为食肉这一科，但喜欢吃板栗、野菜、竹笋，也吃饭。这和大熊猫差不多。

豹与哈巴狗

下面我要介绍一件有趣味的事儿。那路北有一间屋，关着一只豹、一只狗，这两个动物相处极好，在一块儿睡，一块儿吃，还一块儿玩耍。怎么豹不咬这条一尺多长的哈巴狗呢？这豹是美洲墨西哥产。它出世了，这只狗也出世了。后来把狗抱开，把豹抱了进来，就把母狗乳改喂这豹子。直等豹子不吃乳了，又将狗抱来一起过活。生活得很好。苏联就把这豹与狗，送给我们，这是1954年的事情。豹子性情最粗暴，会咬动物，会游水，但是哺过了狗乳，它就发生了感情，狗虽然同它一起生活，从来不咬它。不但不咬而且拿走了狗，它就非常不快活。这可见性情这种东西，虽在动物，也是可以改造的。现在这动物园里，也模仿这一幕喜剧，在南边屋子里，喂养了一只豹，一条哈巴狗。豹子还只有尺多长吧，它对哈巴狗也是很好的。据说，这豹子还只有五个月，要咬人还在七个月后。会咬狗不会咬狗，要那时候再看。

动物园中的形形式式

小动物园里的小动物，说来也颇多可怪之处。其一是猞猁，是猫科，也只猫那样大，它的性子，天生残忍，曾于一晚上咬死过四十头羊，但它平常的食料只吃一只鸡也就够了。其二是蓝狐、白狐，都生长在极寒冷的地方，所以它的毛非常值钱。蓝狐还不宜离开寒带，因为到了不冷的地方，它的毛会减少光泽。白狐打洞穴在冰雪交加的地方居住，这样，它才感到满意。其三是獭，毛非常光滑，还不沾水。身子只有一尺多长。喜在河岸边打一个穴居住，所以水性十分精通，善捕鱼，以鱼为正食，性子也很驯，许多打鱼人养着它们为自己捕鱼。其四是青鼬，也只猫这样大，青灰色，头小，尾巴比身子还长，走起路来，一蹦一跳，它的产区主要是东北，我国南北各地也有，性活跃，能够追食野兔，或者爬上树去吃鹧鸪，也吃水果。怪就怪在这里，跑的飞的，它都能追逐而食之。不过，它还有一样好处，就是能传播花粉。

象、狮、虎的生活

动物园分为三大区。一是小动物园，包括狮象房、猴楼。二是猛禽槛。三是鹿苑兽室，还带着畅观楼。看完了第一区的一部分，再往北走，丝柳成行，青翠拂天。左边是儿童运动场，什么杠子、秋千、软绳木头城等，应有尽有。右边是象房，这房用水泥砖新盖的，四维有很大的玻璃窗，外面是一个很大的空场，旁边有一个池塘，是为象在热天洗澡而设的。象是硕大无比的动物，听说这里的象，一头挺大的，有一千八百公斤重。虽然这样庞大，但其温驯之处，也非其他动物所能比。牵象的人要上它身子，要它跪倒，它就跪倒。它还能搬运木料，它将鼻子一卷，就将木料搬起。虽然所做的工作全是迟钝的，可是很听人呼唤啊！现在两只大象，并排站在空场里，一动也不动，听人家称赞与批评，两只耳朵只是摇摇摆摆。它的食料，只吃些瓜菜，虽然肚量大，倒好打发。

再往前走，就是狮虎房子。右边是两头狮子，左边是两头虎。这狮子，据看守的人说，可以活四十年。狮子叫声很大，一里外可以听到。它也是日间睡眠，夜间行动。为什么要夜行呢？我想就因为它身体庞大。白天出来，百兽看到，都为之躲闪了。狮子每年一产，生三只小狮子。再看老虎。虎也是晚上出来，白天睡觉。现在动物园里一周喂牛肉三十斤，野兔子一双，有充足的营养，老虎每年生产一次，一次一只。

小猴儿玩猴楼

我们来到了猴楼。几间房子，前面有一座楼。楼的前面，用铁丝、铁柱攀住极高的一个院子，院子分三部分，第一、二部分属小猴儿取乐的地方，有枯树、吊绳、秋千。另一部分，有铁梯搭的天桥，还有许多玩具，这是共同取乐的地方。这里有四川猴、广西猴、熊猴、红面猴，还有花叶猴、八氏叶猴、台湾猴、白额卷尾猴。最奇怪的是白额卷尾猴，身子不过一尺多长，尾巴比身子还要长，赋性灵敏，吃起东西来，尾巴可以代手用。因为它头上有一片深色而又长些的毛，所以又叫僧帽猴，叫起来不好听，又叫泣猴。

飞禽

离开了猴楼，慢慢往西走，过了易桥，有亭一角。左边是大塘，数十年的老树，纷披左右。前去就是豳风堂。这个堂是动物园的游览中心，建筑藻丽，东边为石洞，西边为曲廊，前面是荷花池塘。过此为曲廊四围，中栽牡丹数十本，前后有亭子，亭前有匾，题曰：停云轩。廊后有大树数株，土山一带，靠树铁丝围着，是猛禽槛。这里有特大的猛禽在飞翔。再过去，有一岛式园地，长着很多松树。下面有重屋子，叫松风萝月轩。现在这地方改为鸟室，面对水禽湖。现在我把鸟室分成三段，一是鸣禽部，二是鸟部，三是水禽部。鸣禽部修了几间美丽的屋子，分作两排。中间一重很大的院子，用铁丝拦住，这里有许多好看的鸟。有些不十分能飞，又不能游泳的，就在对过儿园林里。水禽若上岸来，就混在一处。我看那戴在头上黄金色的大羽冠，那野鸡周身穿着羽衣，那鸳鸯翠绿色的羽毛，多好看呵！还有那小鸟，穿起红黄绿颜色的羽毛，几间屋子里翱翔着，叽咕叽咕，叫个不了，才是真乐呢！

欧洲野牛与犁牛

现在我要到兽室去参观了。清溪那边是鹿苑。鹿苑里面有许多栏杆，编成无数的空场。这里有许多奇怪野兽。最奇怪的，莫如欧洲野牛了。我们看这野牛，周身长着黑色长毛，虽然跟牛差不了许多，但身体极大，有八百五十公斤重。这园里有两头牛，是美洲牛的混血种，但依然极大。它爱在近水的地方居住。1923年，开了一次国际野牛保护会，全世界保存到现在的只有五十六头了。我们西藏的犁牛，既像牛，又像羊。何以像牛呢，因为它的角长而美观，何以像羊呢，因为它短腿上长着长毛。不但它形状像家畜，就是它脾气也非常听话，平常总是五六十只一群，不怕冷，五千尺以上的高山照常上去。

梅花鹿

既是鹿苑，当然要谈一下鹿。我们认为可以延年益寿的鹿茸，就是从梅花鹿的角上取来的。为什么叫梅花鹿呢？因为它长一身黄毛，黄毛上长着许多白色的斑点，望去像梅花一样。它头上戴的角分四叉，样子倒很好看。但是雄的才有角，雌的没有。雄的每到冬季以及春季，那角就要脱去，到夏季角又重生。长新角的时候，角质是软的，上面有茸毛，这就是鹿茸了。这角正在生长时，对雌性开始追逐。雄的里面有怯弱的就被强鹿用角刺死。和梅花鹿差不多的，就是马鹿，生角的时候，也常把本事不如它的雄鹿用角刺死。它的体重，平均五百公斤。还有一种驼鹿，产在东北内蒙古各地，这是森林动物，极喜欢水，常在水里面洗澡，比梅花鹿小一点儿。

角马

鹿苑里头的大羚羊、瘤牛，说起来也好玩。大羚羊有普通羊一只半那样大，有两只弯弯的长角，生长在非洲，喜欢住在古林阴湿的地方。它洗澡完了，常涂了一身泥，自然这是怕敌人害它。身上涂泥，旁的动物，还没有听说过吧？它也喜欢联群，常有二三十只在一处跑。再说瘤牛，从外表上看，和黄牛差不离儿。可是仔细一看，背上长了一个头样的东西，同时还长两个小角，垂在肩膀上。这牛生在印度，还是神品，人民不敢侵犯它，使它在森林原野上慢慢的散步。鹿苑中动物很多，放下不提。现在要看兽室。兽室建筑得尚为精巧，四面安上铁丝网，一个黄色的牌子上面书名什么动物。靠南两方墙上，还写着动物的简单历史。室的每间屋子后面，都有一个门，通后方大院。先谈谈角马。它大致像条水牛吧，周身是深灰浅蓝色的毛，头很大，比平常的牛马要短些。一对几寸长的角，微微弯曲，尾巴是黑色，所发声音也很大，常常咪赫咪赫地叫。它激烈好斗，斗起来，把头低着将角拼命地戳。它腿短，却会跑。人要拦住它，也会攻击人。它常和大羚羊在一起，自己结群，一群有二十几只。

斑马与鸸鹋

斑马，猛然一见，一定要说声奇怪。它只有骡子那样大，可是身上起了紫色的斑纹，而且斑纹是不乱的，从头到蹄，一道一道，长得清清楚楚。大概每道斑纹有大拇指那么粗，斑纹以外，就是白色。身上像披一条花布被。斑马生长在非洲，每次出来，就是一大群由三十只到五十只。它感觉很灵敏，性情也很温驯。不过很不容易捕捉，它听到有些响动了，就分群四处奔走。它可与驴交配，只生一胎，受胎期共四十八周。它出游时却同羚羊、驼鸟结成好友，一同戏耍。我们再谈谈驼鸟吧。驼鸟有八尺长，体重二百多斤，像只鹤，不过颈子要短些，喜欢吃石子。一小时可以走二三十里，急起来可以走八九十里。室里还有鸸鹋，只有两公尺高，样子和驼鸟固然相同，嗜好也相同，喜欢吃石子。它家在澳洲，向来一夫一妻制，这倒尊重女权哩！

　　兽室看过了，再向西走，出了那藤萝架，遇到一个绿园：这里是钓鱼潭，买票可以钓鱼。再顺这条路走，尽是几十岁的老树，伏荫前后。所过的地方，有温室，室中多热带植物。有抱翠亭，有畅观楼，有艺春堂，石头假山，李杏交柯，颇妙。再从南路出园。此园里面很大，要畅玩一个痛快，非作整日之游不可。

（1956 年 6 月 1 日至 5 日香港《大公报》）

天坛

天坛这地方，很好很好。这里外垣，周围十一华里；内垣，周围七华里。从正门到二门，约有一里路。单是这一截路，就已有一个公园大了。

进了第二道门，路面还是那么宽而平直。两边树木叶密。我走了约三里路，却遇着一条大坝似的大路，将去路拦住。坝约有三尺高，不用梯或坡子，是将路斜斜地修高。上了这条大路，看看有四丈宽。中间一条石头大路，石板有三尺长，三四尺宽，这路有多长呢？大概有一华里半那样长。这路是由北到南，两边是红墙砌成的三座圆门，北面有宫殿式的屋脊。

北面三座门，进门是个大院。再上几层石阶，就是祈年殿路。在祈年殿门口一望，那条大路果然平坦、宽阔，但当年的皇帝仅仅是每年来一次罢了。祈年门也像皇帝住的宫殿一样，可由三座门里的任何一座门进去，两边是配殿，房屋很高大，现在修饰中，里面摆列着古代乐器。正面的祈年殿，矗立在三层白石栏杆的露

31

台当中。殿和露台一样，全是圆形。屋檐三层，瓦是琉璃质的，全用青色。这里露台，分成前后一层三个坡子，三层九个，东西都是一层一个。在露台上望白石栏，相当壮丽。爬过二十七层坡子，经过一截露台，便是祈年殿。进得殿来，这圆形殿中，有很大的座台，上面配了皇帝坐的宝座和桌子，是祭祀皇天上帝用的。中间红色盘金花的柱子，直达圆形屋顶。屋顶下面，完全用金子描花，柱子也用金色。柱子有多大？有两个人合抱还抱不拢来那样大。这里柱子有四根，是什么意思？就是代表一年四季。四根柱子外头，又是十二根柱子，全部红漆，那是代表十二个月。再外边，和雕栏互相配合，也是十二根柱子代表着子丑寅卯十二个时辰。这柱子是从西康运来的，是那么长的冬青木。这柱子有多长呢？从平地到屋顶，三十八公尺。这样一棵大树，那个日子既无火车，也无汽车，我们人民能把它运来，真是力量伟大。

这殿本来是明朝永乐时候建的，到清光绪年间，不晓得如何失了火，再照原样子仿造，就是现在这个殿子。屋子有三十公尺高，那时候没有起重机，完全靠手支架直立起来，真是不容易啊！还有一层，是到这里来的人都欣赏的，就是这里上面凭了屋顶，用金色书了一条龙，下面配块儿大理石，大理石的花纹是天然生长成功的龙凤呈祥。云南大理，离北京几千里。运来这块儿大石头又不知花费了多少人力、物力，多少个昼夜啊。

看了一会儿这祈年殿，对于过去的工人，产生了无穷的景仰。出殿后为乾皇殿，现在在整理中，将来陈列各国给我国的礼品。这些殿宇以前做什么用的呢？原来是皇帝每年在此祭祀皇天上帝，时间是在阴历正月初一日，谓为"以祈丰年"。东方有个廊子，共有七十二间那么长，用二十五间通到神厨，用四十七间通到宰牲亭。原来怕天阴下雪，盖廊子为避寒用。所以廊子下半截用砖墙，上半截打着直篱笆模样。后来清朝亡了，天坛年久失修，到1937年，北京才仿修。这廊子有两丈多宽，还刻着很好的壁画。关于通到宰牲亭的那四十七间，现在人民政府修得更美丽了，将玻璃装上了窗户，还配上了门，里面摆了许多陈列品，大概不久就要开放。顺了这廊子外走，远远望到那边林子里，有八块儿小石头，七块儿是指天上的七星，一块儿指的是北极，所以虽然是八块儿，依然是称为七星石。

这一带的树，都在往上长，看着颇有生气，我就顺了原路走，看着两边树林，也就忘路之远近。出了成贞门，过两重院宇，又见树木丛起，路旁有一棵柏树，上面挂了一牌，云此树已过五百年。两旁树林中设有茶座及小卖处。东面有院墙，此处已经到了皇穹宇了。入门进去，四围圆形墙垣，壁上钉有木牌，有"回声处"字样，好多人靠墙侧耳细听。其实这个事是很容易知道的，那是声音由空中传播，有障碍的时候，凭原处改着它的方面前进。登坡而上，一个圆形小殿，便是皇穹宇。这皇穹宇比祈年殿小，屋架都是戽拱式。室内有八根柱子。这室还是明朝盖起，原封未动，所以这些柱子也就有四百年了。立这皇穹宇做什么用呢？就是在皇帝祭天的日子，把殿内的神位请下来，请到门外，在那圆丘上祭一下，祭完，又请进去。一年，也就是这样一回。皇穹宇逛完，就出门到圜丘。圜丘，先有两道围墙，四四方方，将这圜丘围住。墙垣上先开十六个门，都是白石砌起。圜丘有三层露台，全以白石为栏。头两层台，有十几步宽，顶上是平台，青石铺地，铺到中间，有一块儿圆形青石。台上周围，估量约有二三百步。举目四望，树木丛合，地方空阔。至于何以叫圜丘？圜，是天体；丘，是土地上高的地方。它的意思就是环境像天，这是专制时代皇帝骗人的玩意儿。

　　看完了圜丘，出了祭天的门，我就在小树林里了。这原都是高大的柏树林，被国民党军队砍的精光。人民政府来了，就力加整理，几年以来，种树种花，修路，修整宫殿，所以天坛不但可复旧观，还要比从前好呢。我们试步林下，各种树木，慢慢都已成林。那春夏秋的花儿，也到处都是。远处小孩儿的欢呼声，告诉我们正在乐园里面兴致勃勃地玩儿呢。再上前去，是斋宫，四周绕上了水池，有一道石桥通至里面，这里门辟有露天剧场，有时，京戏、大鼓都演。这里空阔无边，树木林立，我们看过以往人民这样伟大的建筑，正可以缓步当车，徜徉散步而回呢。

（1956 年 6 月 9、10 日香港《大公报》）

天桥

天桥没有宫殿山水，没有珍珠宝贝，就靠艺人们一张嘴、两只手、一双脚打出天下，吸引着无数的观众。

但是跑了叫天桥的地方一周，也瞧不见桥在哪块儿，甚至水沟也瞧不见一条。这是怎么一回事？我说，你别忙，桥是有的，不过已被历史冲刷掉了。在很早以前，永定门一带有一片湖泊，夏天还可以游湖呢。到了北洋军阀时期，湖泊虽多半填平了，但是还有好几条沟渠。天桥就位于天桥大街的起点。桥是用白石建成，石上雕有花纹，当然很结实。距今三十年前的光景，桥下水沟全堵死了，桥已失去作用，还影响交通，所以把它拆了。

近三十年来，天桥有很多变动。先是，天桥靠东，摆上了很多百货摊子，各项杂耍，也在这里摆下。后过几年，杂耍玩意儿，大部分向西边摆，并逐渐向南移。自从人民政府来了以后，这里修筑起很多条马路，马路两旁又修筑了许多大厦。演出过苏联天鹅湖舞剧的天桥剧场，就巍然建立在天桥的南边。过去天桥是流氓、地痞、恶霸集中地，现在这些恶势力已经消除了，社会风气焕然一新，卫生清洁各项，也办得头头是道。无论哪种买卖，公平交易，价目统一。

天桥的交通四通八达。我们下了电车，从小口子里进去，举目四望，只见万头攒动，广场上全是人。从前听得人家说，天桥扒手多，你得留神。现在没有这回事了。那班扒手经过改造，变为好人了。这里游人成堆，有的围聚在露天地里，有的拥挤在白布棚里，那悬牌的剧院门口，川流不息地有人进出。还有那摆摊子的，都在行人来往的路边摆着。走过空场经过一条小街，这里全是卖鞋子、袜子和一些零碎东西的小店。在第二、第三空地上，全是卖艺人支起的棚帐，一群群人在那里围看。

天桥游艺的内容是很丰富的。唱戏的有五家（天桥剧场除外），唱京戏、河北梆子和评戏。电影院三家。大鼓书四家。说相声的两家。清唱京戏的有两家。说评书的有十几家之多。摔跤（一名掼跤）一家。演幻术的六家。拉洋片的一家。

大家都知道，过去在天桥演杂技的第一流名手，早已组成了中国杂技团到各国演出过，博得了很好的声誉。演出的节目中，像踢毽子、走高跷、练双石、攀杠子、双轮车、抖空竹等，最为精彩。

上天桥玩，价钱是十分便宜的。譬如看戏，充其量不过五角四角钱，看幻术不过一角钱。好多玩意儿，你坐着看可以，站着看也可以，等他歇艺，向你道着劳驾的时候，你伸手给五分钱，他还向你道谢呢。甚至没有钱，卖艺的也就算了。小摊子上、小饭馆里的东西也非常便宜，花几角钱就可以吃个饱儿。至于买些小东西，这里也很方便，有好几条街出售鞋子、袜子、衣服等零碎物品。就是要买点儿农具，以及自行车上少哪几项零件，这里也给你预备着。所以京郊附近的农民也多上这里玩儿。这里有许多小旅馆，就是给农民预备的。

（1956 年 6 月 20 日香港《大公报》）

游中山公园

中山公园在明清之季是社稷坛，民国三年（1914）10 月 10 日开放，定名为中央公园。后中山先生死在北京，1925 年为纪念先生，改名为中山公园。到今年已四十一年了。

到北京来，中山公园是不能不到的。入门，便见古柏夹道。两边全有游廊，东边游廊通到来今雨轩。西边游廊，又分两路，一条通到兰亭碑亭，一条通过这里的御河桥，直达水榭。向正中看去，石牌坊一个，其下人行大道，东边树木荫浓，西边草地整齐。再前进，有金银花无数本，银木搭架，任金银花盘绕。这里已是古柏凌云，几不见日。下面是水泥铺地，平坦可步。其前为习礼亭，面对红墙一弯，柿子丁香，分排左右。一对儿狮子，分守着大门，门里面就是社稷坛了。掉首南顾，一带游廊，中间有一所比地还矮三尺的房屋，那就是唐花坞。到这唐花坞来，就要看看这时候花坞里养些什么花儿。花坞是折面式扇面儿的屋子，有我们五间屋子大。

39

　　唐花坞对过儿，有一岛式平地，周围全是荷花池子围绕着，平地中间有一所屋，曰四宜轩。这里的杨柳居多，望对过儿水榭东南角，那杨柳高可拂天，景致更好。过红桥可以在此小歇。又过一桥，一带土山，上面栽满了丁香树，山涯里面，有一个草亭，叫迎晖亭。爬石坡而上有屋，半属陆上，半临水居，而且屋宇甚广，四周环连，此即为水榭。外人多借此地开展览会。进而东行，便是游廊。当荷花盛开时，在游廊漫步，莲花微香，才觉妙处。游廊末端，有亭一方，亭中一方大石碑，曰兰亭碑，上刻人物述王羲之三月三日修禊的事。这碑原在圆明园，圆明园火灾以后，便移植此地。出游廊北行，则古柏交加，浓荫伏地，夏季在树荫中小坐，忘暑已至，所以茶馆多设在此地。向北进，过山亭二处，有儿童运动场。此处另辟一门，直通南长街。从前原有一门，跨一长桥，通西华门侧面，现在不必走此弯路了。向东行，依然古柏很密，中有一格言亭，此系中山公园恰到一半儿的地方。东行为午门。转身南行，经过六方亭、十字亭，达一大厦，即来今雨轩。5月初，公园牡丹盛开。说到牡丹，觉得北京之花，仍以公园为第一。名种之多，约可以分为四大种，即丁香、牡丹、芍药、菊花。而四种之中，仍以牡丹为佳。昔日各公园未开放，北京人要看牡丹，都跑往崇效寺。该寺在宣武门外白纸坊，地极为幽僻。该寺虽牡丹开日，也不过二三十盆花。今公园单以种类论，就有三十多种，再以盆数论，有几百盆之多，和崇效寺比起来，是不可以道里计了。

中山公园外围，已算游过了，现在该游里面。里面有红墙一道，隔成四方形，统有四重门，一方一个。我们走南方进去，那里是南方种丁香，北方种芍药。社稷坛就在前面，这是公园最中央的地方，坛筑成正方形，三层石阶，土分五色，黄、红、青、白、黑。黄色居中心，其余四色，各占一方。四方也是以短墙支起，四面开门。这是从前皇帝祭祀土神、谷神之所，在明朝永乐年间就有了。上去是中山堂，从前叫作拜殿。后面还有一个殿，旧日题名，叫作戟门，从明朝传了下来，共有七十二把铁戟，存在这里。八国联军之后，这些戟却没有了。两边还有两块儿空地，全成为花圃。说到花圃，我们就要谈到菊展了。

本来菊花会，以往京城私人方面也常举行，不过盆数不多，收的种子也不齐。1955年中山公园菊花展览，有几千盆之多，就在社稷坛上，用芦席盖了个蔽风雨之所。有多大呢？直有五十步长，宽大上有百步那样宽。遮风雨多棚子下，也有丈来深，一丈多高，这要摆菊花，试问要摆多少？他们又玩儿些花样，用大盆栽着菊花，花是肉红色，将花编得一样齐，一盆一个字，合起来乃是"菊花展览"四字。站在社稷坛上一望，只觉红的、白的、黄的、紫色的，绿叶托着，一层又一层，摆得有五六尺高，真是万花竞艳，秋色无边。

（1956 年 6 月 21、22 日香港《大公报》）

陶然亭

陶然亭好大一个名声，它就跟武昌黄鹤楼、济南趵突泉一样，来过北京的人回家后，家里人一定会问："你到过陶然亭吗？"因之在三十五年前，我到北京的第一件事，就是去逛陶然亭。

那时候没有公共汽车，也没有电车。找了一个三秋日子，真可以说是云淡风轻，于是前去一逛。可是路又极不好走，满地垃圾，坎坷不平，高一脚，低一脚。走到陶然亭附近，只看到一片芦苇，远处呢，半段城墙。至于四周人家，房屋破破烂烂。不仅如此，到处还有乱坟葬埋。虽然有些树，但也七零八落，谈不到什么绿荫。我手拂芦苇，慢慢前进。可是飞虫乱扑，最可恨是苍蝇、蚊子到处乱钻。我心想，陶然亭就是这个样子吗？

所谓陶然亭，并不是一个亭，是一个土丘，丘上盖了一所庙宇。不过北、西、南三面，都盖了一列房子，靠西的一面还有廊子，有点像水榭的形式。登这廊子一望，隐隐约约望见一抹西山，其近处就只有芦苇遍地了。据说这一带地方是饱经沧桑的，早年

43

原不是这样，有水，有船，也有些树木。清朝康熙年间，有位工部郎中江藻，他看此地还有点儿野趣，就在这庙里盖了三间西厅房，采用了白居易的诗"更待菊黄家酝熟，共君一醉一陶然"的句子，称它作陶然亭，后来成为一些文人在重阳登高宴会之所。到了乾隆年间，这地方成了一片苇塘。乱坟本来就有，以后年年增加，就成为三十五年前我到北京来的模样了。

过去，北京景色最好的地方，就是皇帝的禁苑，老百姓是不能去的。只有陶然亭地势宽阔，又有些野景，它就成为普通百姓以及士大夫游览聚会之地。同时，应科举考试的人，中国哪一省都有，到了北京，陶然亭当然去逛过，因之陶然亭的盛名，在中国就传开了。我记得作《花月痕》的魏子安，有两句诗说陶然亭："地匝万芦吹絮乱，天空一雁比人轻。"这要说到序属三秋的时候，说陶然亭还有点儿像。可是这三十多年以来，陶然亭一年比一年坏。我三度来到北京，而且住的日子都很长，陶然亭虽然去过一两趟，总觉得"地匝万芦吹絮乱"句子而外，其余一点儿什么都没有。真是对不住这个盛名了。

1955 年听说陶然亭修得很好，1956 年听说陶然亭更好，我就在 6 月中旬，挑了一个晴朗的日子，带着我的妻女，坐公共汽车前去。一望之间，一片绿荫，露出两三个亭角，大道宽坦，两座辉煌的牌坊，遥遥相对。还有两路小小的青山，分踞着南北。好像这就告诉人，山外还有山呢。妻说："这就是陶然亭吗？我自小在这附近住过好多年，怎么改造得这样好，我一点儿都不认识了。"我指着大门边一座小青山说："你看，这就是窑台，你还认得吗？"妻说："哎呀！这山就是窑台？这地方原是个破庙，现在是花木成林，还有石坡可上啊！"她是从童年就生长在这里的人，现在连一点儿都不认得了。从她吃惊的情形就可以感觉到，陶然亭和从前一比，不知好到什么地步了。

陶然亭公园里面沿湖有三条主要的大路，我就走了中间这条路。路面非常平整的，从东到西约两里多路宽的地方，挖了很大很深的几个池塘，曲折相连。北岸有游艇出租处，有几十只游艇，停泊在水边等候出租。我走不多远，就看见两座牌坊，雕刻精美，金碧辉煌，仿佛新制的一样。其实是东西长安街的两个牌楼迁移到这里重新修起来的。这两座妨碍交通的建筑在这里总算找到了它的归宿。

走进几步，就是半岛所在。看去，两旁是水，中间是花木。山脚一座凌霄花架，作为游人纳凉的地方。山上有一四方凉亭，山后就是过去香冢遗迹了。原来立的碑，尚完整存在，一诗一铭，也依然不少分毫。我看两个人在这里念诗，有一个人还是斑白胡子呢。顺着一条岔路，穿了几棵大树上前，在东角突然起一小山，有石级可以盘曲着上去。那里绿荫蓬勃，都是新栽不久的花木，都有丈把儿高了。这里也有一个亭子，站在这里，只觉得水木清华，尘飞不染。我点点头说：这里很不错啊！

西角便是真正陶然亭了。从前进门处是一个小院子，西边脚下，有几间破落不堪的屋子。现在是一齐拆除，小院子成了平地，当中又栽了十几棵树，石坡也改为泥面的。登上土坛，只见两棵二百年的槐树，正是枝叶葱茏。远望四周一片苍翠，仿佛是绿色屏障，再要过了几年，这周围的树，更大更密，那园外尽管车水马龙，一概不闻不见，园中清静幽雅，就成为另一世界了。我们走进门去，过厅上挂了一块匾，门户洞开，偏西一面有一带廊子，正好远望。房屋已经过修饰，这里有服务外卖茶，并有茶点部。坐在廊下喝茶，感到非常幽静。

近处隔湖有云绘楼，水榭下面，清池一湾，有板桥通过这个半岛。我心里暗暗称赞："这样确是不错！"我妻就问："有一些清代小说之类，说起饮酒陶然亭，就是这里吗？"我说："不错，就是我们坐在这里。你看这墙上嵌了许多石碑，这就是那些士大夫们留的文墨。至于好坏一层，用现在的眼光看起来，那总是好的很少吧。"

坐了一会儿，我们出了陶然亭，又跨过了板桥，这就上了云绘楼。这楼有三层，雕梁画栋，非常华丽。往西一拐，露出了两层游廊，游廊尽处，又是一层，题曰清音阁。阁后有石梯，可以登楼。这楼在远处觉得十分富丽雄壮，及向近处看，又曲折纤巧。打听别人，才知道原来是从中南海移建过来的。它和陶然亭隔湖相对，增加不少景色。

公园南面便是旧城脚下，现已打通了一个豁口。沿湖岸东走，处处都是绿荫，水色空蒙，回头望望，湖中倒影非常好看。又走了半里路，面前忽然开朗，有一个水泥面的月形舞场，四周柱灯林立。舞池足可以容纳得下二三百人。当夕阳西下，各人完了工，邀集二三好友，或者泛舟湖面，或者就在这里跳舞，是多好的娱乐啊！对着太平街另外一门，杨柳分外多，一面是青山带绿，一面是清水澄明，阵阵轻风，扑人眉发。晚来更是清静。再取道西进，路北有小山一叠，有石级可上，山上还有一亭，小巧玲珑。附近草坪又厚又软。这里的草，是河南来的，出得早，枯萎得晚，加之经营得好，就成了碧油油的一片绿毯了。

回头，我们又向西慢慢地徐行。过了儿童体育场和清代时候盖的抱冰堂，就到了三个小山合抱的所在。这三个小山，把园内西南角掩藏了一些。如果没有这山，就直截了当地看到城墙这么一段，就没有这样妙了。

园内几个池塘，共有二百八十亩大，1952 年开工，只挖了一百七十天就完工了，挖出的土就堆成七个小山，高低参差，增加了立体的美感。

这一趟游陶然亭公园，绕着这几座山共走了约五里路，临行还有一点儿留恋。这个面目一新的陶然亭，引起我不少深思。要照从前的秽土成堆，那过了两三年就湮没了。有些知道陶然亭的人，恐怕只有在书上找它陈迹了吧？现在逛陶然亭真是其乐陶陶了。

风情纵赏

崇效寺看牡丹

牡丹花开了，到白纸坊崇效寺去看牡丹，这是一件最时髦的玩意儿。其实为了看牡丹而到崇效寺去的，那不过极少极少数，一半都是去赶热闹罢了。这种赶热闹的人，按着中国事事不外三的习惯，应有三种。

一、阔人和阔人的家属，他们吃了饭，老是没事做，专门想着如何消遣。

二、住闲的主儿，手头又还有两文儿，到处逛逛，混混日子。

三、到京来的旅客，采风问俗，听说哪里有花头，就往哪里去。

若说为了牡丹去看牡丹，那大概是文学家、艺术家的事，北京有多少呢？这种消遣的地方愈多，愈可看到北京有钱的闲人不少。由这上面慢慢去推测，北京之为北京多少可以知道一点了。

（1926 年 5 月 7 日《世界晚报·夜光》）

五月的北平

能够代表东方建筑美的城市，在世界上，除了北平，恐怕难找第二处了。描写北平的文字，由国文到外国文，由元代到今日，那是太多了，要把这些文字抄写下来，随便也可以出百万言的专书。现在要说北平，那就是一部廿四史，无从说起。若写北平的人物，就以目前而论，由文艺到科学，由最崇高的学者到雕虫小技的绝世能手，这个城圈子里，也俯拾即是，要一一介绍，也是不可能。北平这个城，特别能吸收有学问、有技巧的人才，宁可在北平为静止得到生活无告的程度，他们也不肯离开。不要名，也不要钱，就是这样穷困着下去。这实在是件怪事。你又叫我写哪一位才让圈子里的人过瘾呢？

静的不好写，动的也不好写，现在是五月（旧的历法是四月），我们还是写点儿五月的眼前景物吧。北平的五月，那是一年里的黄金时代。任何树木，都发生了嫩绿的叶子，处处是绿荫满地。卖芍药花的担子，天天摆在十字街头。洋槐树开着其白如雪的花儿，在绿叶上一球球地顶着，街、人家院落里，随处可见。柳絮飘着雪花儿，在冷静的胡同里飞。枣树也开花了，在人家的白粉墙头，送出兰花的香味。北平春季多风，但到五月，风季就过去了（今年春季无风）。市民开始穿起夹衣，在不暖的阳光里走。北平的公园，既多又大。只要你有工夫，花不成其为数目的票价，亦可以在锦天铺地、雕栏玉砌的地方消磨一半天。

照着上面所谈，这范围还是太广，像看《四库全书》一样。虽然只成个提要，也觉得应接不暇。让我来缩小范围，只谈一个中人之家吧。北平的房子，大概都是四合院。这个院子，就可以雄视全国建筑。洋楼带花园，这是最令人羡慕的新式住房。可是在北平人看来，那太不算一回事了。北平所谓大宅门，哪家不是七八上下十个院子？哪个院子里不是花果扶疏？这且不谈，就是中产之家，除了大院一个，总还有一两个小院相配合。这些院子里，除了石榴树、金鱼缸，到了春深，家家由屋里度过寒冬搬出来。而院子里的树木，如丁香、西府海棠、藤萝架、葡萄架、垂柳、洋槐、刺槐、枣树、榆树、山桃、珍珠梅、榆叶梅，也都成人家普通的栽植物，这时，都次第地开过花了。尤其槐树，不分大街小巷，不分何种人家，到处都栽着有。在五月里，你如登景山之巅，对北平城作个鸟瞰，你就看到北平市房全参差在绿海里。这绿海就大部分是槐树造成的。

洋槐传到北平，似乎不出五十年。所以这类树，树木虽也有高到五六丈的，都是树干还不十分粗。国槐却是北平的土产，树兜可以合抱，而树身高到十丈的，那也很是平常。洋槐是树叶子一绿就开花，正在五月，花是成球的开着，串子不长，远望有些像南方的白绣球。国槐是七月开花，都是一串串，像藤萝（南方叫紫藤），不过是白色的而已。洋槐香浓，国槐不大香，所以五月里草绿油油的季节，洋槐开花，最是凑趣。

在一个中等人家，正院子里可能就有一两株槐树，或者是一两株枣树。尤其是城北，枣树逐家都有，这是"早子"的谐音，取一个吉利。在五月里，下过一回雨，槐叶已在院子里着上一片绿荫。白色的洋槐花在绿枝上堆着雪球，太阳照着，非常的好看。枣子花是看不见的，淡绿色，和小叶的颜色同样，而且它又极小，只比芝麻大些，所以随便看不见。可是，那种兰蕙之香，在风停日午的时候，在月明如昼的时候，把满院子都浸润在幽静淡雅的境界。假使这家人有些盆景（必然有），石榴花开着火星样的红点儿，夹竹桃开着粉红的桃花瓣，在上下皆绿的环境中，这几点红色，娇艳绝伦。北平人又爱随地种草本的籽，这时大小花秧全都在院子里拔地而出，一寸到几寸长的不等，表示了欣欣向荣的样子。北平的屋子，对院子的一方面，照例下层月土墙，高二三尺，中层是大玻璃窗，玻璃大得像百货店的货窗，上层才是花格活窗。桌子靠墙，总是在大玻璃窗下。主人翁若是读书伏案写字，一望玻璃窗外的绿色，映入眉宇，那实在是含有诗情画意的。而且这样的点缀，并不花费主人什么钱的。

北平这个地方，实在适宜于绿树的点缀，而绿树能亭亭如盖的，又莫过于槐树。在东西长安街，故宫的黄瓦红墙，配上那一碧千株的槐林，简直就是一幅彩画。在古老的胡同里，四五株高槐，映带着平正的土路，低矮的粉墙。行人很少，在白天就觉得其意幽深，更无论月下了。在宽平的马路上，如南北池子，如南北长街，两边槐树整齐划一，连续不断，有三四里之长，远远望去，简直是一条绿街。在古庙门口，红色的墙，半圆的门，几株大槐树在庙外拥立，把低矮的庙整个罩在绿荫下，那情调是肃穆典雅的。在伟大的公署门口，槐树分立在广场两边，好像排列着伟大的仪仗，又加重了几分雄壮之气。太多了，我不能把它一一介绍出来。有人说五月的北平是碧槐的城市，那却是一点儿没有夸张。当承平之时，北平人所谓"好年头儿"，在这个日子，也正是故都人士最悠闲舒适的日子。在绿荫满街的当儿，卖芍药花的平头车子整车的花蕾推了过去。卖冷食的担子，在幽静的胡同里叮当作响，敲着冰盏儿。这很表示这里一切的安定与闲静。渤海来的海味，如黄花鱼、对儿虾，放在冰块上卖，已是别有风趣。又如乳油杨梅、蜜饯樱桃、藤萝饼、玫瑰糕，吃起来还带些诗意。公园里绿叶如盖，三海中水碧如油，随处都是令人享受的地方。但是这一些，我不能，也不愿往下写。现在，这里是邻近炮火边沿，对南方人来说这里是第一线了。北方人吃的面粉，三百多万元一袋；南方人吃的米，卖八万多元一斤。穷人固然是朝不保夕，中产之家虽改吃糙粮度日，也不知道这糙粮允许吃多久。街上的槐树虽然还是碧静如前，但已失去了一切悠闲的点缀。人家院子里，虽是不花钱的庭树，还依然送了绿荫来，这绿荫在人家不是幽丽，乃是凄凄惨惨的象征。谁实为之？孰令致之？我们也就无从问人。《阿房宫赋》前段写得那样富丽，后面接着是一叹："秦人不暇自哀！"现在的北平人，倒不是不自哀，其如他们哀亦无益何！

好一座富于东方美的大城市呀，它整个儿在战栗！好一座千年文化的结晶呀，它不断地在枯萎！呼吁于上天，上天无言；呼吁于人类，人类摇头。其奈之何！

北平情调

—蓉行杂感

上

不才随重庆新闻界参观团往成都，《上下古今谈》需停笔若干天，以代其缺，自然卖担担儿面的也不会做出鱼翅席，还是古今谈解数。

到过成都的人，都有这样一句话，成都是小北平。的确，匆匆在外表上一看，真是具体而微。但仔细观察一下，究竟有许多差别。凭我走马看洛阳之花的看法说，有一个统括的分析，那就是"北平是壮丽，成都是纤丽；北平是端重，成都是静穆；北平是潇洒，成都是飘逸"。自然这类形容词，有些空洞，然而除了这空洞的形容，也难于用少数的字去判断。若一定要切实地说一句，应当说是成都之北平味是"貌似"而微，而不能说是具体而微。

虽然成都这个城市，绝不同于黄河以南地区都市。就是六朝烟水的南京，历代屡遭劫火，除了地势伟大而外，一切对成都都有愧色，苏杭二州更是绝不同调。由江南来的人，看到了这个都市，自然觉得这是别一世界。就是由北方来的人，也会一望而知这不是江南，成都之妙就在于此。

（1943 年 4 月 19 日重庆《新民报》）

下

看成都的旧街道，两层矮矮的店铺夹着土质的路面，宽达三四丈，街旁不断地有绿树。走小巷，两旁的矮墙，簇拥出绿色的竹木，稀少的行人，在土路上走着，略有步伐声。一个小贩，当的一声敲了小锣过去，打破了深巷的寂寞，这都是绝好的北平味。可是真正的老北平，他会感到绝不是刘邦的新丰。人家的粉墙上，少了壁画；门罩和梁架上，少了雕刻；窗栏未曾构成图案，一切建筑，是过于简单了。

看一个地方的情调，必须包括人民生活，自不定光看建筑，而旅客对于人民生活的体念又是一件难事。然则我们说成都之北平味，是貌似而微，不太武断吗？我说不。建筑也是人民生活之一部分，在这上面，可以反映到他的生活全貌。试看苏州人家的构造，纵有园林，也只有以小巧曲折见胜，你就可以知道苏州人之闲适，而不会是北平人之闲适。于是以成都之建筑，考察到北平风味，是不中不远矣。

（1943 年 4 月 20 日重庆《新民报》）

天安门的黄叶

秋天的黄叶，我是最喜欢的，它在不寒不热的天气里，会给予你一种轻松的情调。以我所到过的都市而论，北平的黄叶最好。其一，因为北平的树多，会在长街永巷，铺张了一排排的淡黄伞盖。其二，是几夜西风，一番寒露，三五天的工夫，树叶子就变黄了。它来得那样快，而又那样齐，并且不折不扣，恰是重阳节边。对我们这带几分酸味的斯文朋友，自会在脑子里涂抹些诗意。

重阳，总是在"双十节"前后的，所以寄居北平的人，看到了黄叶满阶，也就容易感触"双十节"到了。在这几日，你在大街上走着，看到黄叶稀疏的街树里，红蓝的党国旗，展开在西风里，两三只红纸灯笼，**静静地垂着**，这颜色的调和，就会引起一种艺术的欣赏。但这还不是最好的，最好的在天安门。

我家住在西长安街附近，到天安门不远，每当此日，天安门大广场中，扎着三幢彩色大牌坊，架着松枝菊花簇拥的演讲台，举行庆祝会，小孩子在学校里有了一天假期，甚至前一周，就向家长预约着，要去参与这个盛会。我虽是个过夜生活的人，觉得这种赶热闹的事，是得赞成的，那会不知不觉地灌输小孩子们一些民族意识。老早地起来，用过我们记者定律的半杯牛乳，六七片火腿面包（虽然现在似乎是神话了，我们确实是如此享受着的），随一群大学生、中学生、小学生组织的家庭队伍，踏上西长安街的水泥路面。

在"双十节"，北平总是天高日晶的，于槐树林中，穿过了跨街红色粉漆三座门的左一洞，远远望见广场上半绿半黄的槐林，被一道红墙围绕着。天空里没有风，也没有灰尘，淡黄的日光，由东南角斜照着，"好一派清秋光景"！黄色和绿色的琉璃瓦，盖在天安门城楼的头上，由上空俯瞰着面前铺石的旧御道，石狮和盘龙的大石柱，夹峙在彩牌坊左右，象征着东方古国的壮丽与伟大。后湖中央公园的红墙头上，关不住老柏树的翠影，正偷窥着这黄叶林子，对照之下，好看煞人！

前面树林中，白石面的广场，在青天白日满地红的旗影下，已是人山人海，我让家庭部队参与议会，我终年的紧张记者生活，需要轻松一下，悄悄地离开人群，独自在马缨花树下，钻入林御道外的树林。似乎有点风里，那槐树上的黄叶，三叶两叶地向下垂落，撒在我呢帽上，撒在我夹衣上。抬头看，在稀疏的黄叶丛里，看到白云，看到宫殿影子，也看到彩牌坊的一角。"中华民国万岁！"猛烈的口号声由槐林杪上传来，黄槐似乎受到鼓舞，摇撼了赭色的袍，又向我身上撒下几片黄叶。

大家说，战后又将建都北平，胜利期近，让我甜蜜地回忆着这一幕。

（1943 年 10 月 10 日重庆《新民报》）

北平的春天

上

照着中国人的习惯，把阴历正二三月当了春天。可是在北平不是这样说，应当是三四五月是春天了。惊蛰、春分的节气，陆续地过去了，院子里的槐树，还是杈丫杈丫的，不带一点儿绿芽。初到北方的人，总觉得有点儿不耐。但是你不必忙，那时，天气一天比一天暖和了。你若住在东城，可以到隆福寺去溜达一趟。你在西城，可以由西四牌楼，一直溜到护国寺去。这些地方有花厂子，把带坨（用蒲包包根曰带坨）的大树，整棵的放在墙阴下，树干上带了生气，那是一望而知的。上面贴了红纸条儿，标着字，如樱桃、西府海棠、蜜桃、玉梨之类。这就告诉你，春天来了。花厂的玻璃窗子里，堆山似的陈列着盆梅、迎春，还有千头莲，都非常之繁盛，你看到，不相信这是北方了。

再过去这么两天，也许会刮大风，但那也为时不久，立刻晴了。城外护城河的杨柳，首先安排下了绿荫，乡下人将棉袄收了包袱，穿了单衣，在大口头儿下，骑了小毛驴进城来，成阵的骆驼，已开始脱毛。它们不背着装煤的口袋了，空着两个背峰，在红墙的柳荫下走过。北平这地方，人情风俗，总是两极端的。摩登男女，卸去了肩上挂的溜冰鞋，女的穿了露臂的单旗袍，男的换了薄呢西服，开始去逛公园。可爱的御河沿，在伟大的宫殿建筑旁边，排成两里长的柳林，欢迎游客。

（1946 年 3 月 9 日重庆《新民报·晚刊》）

下

我曾住过这么一条胡同，门口一排高大的槐树，当家里海棠花开放得最繁盛的日子，胡同里的槐树，绿叶子也铺满了。太阳正当顶的时候，在槐树下，发出叮当叮当的响音，那是卖食物的小贩，在手上敲着两个小铜碟子，两种叮当的声音，是一种卖凉食的表示。你听到这种声音，你就会知道北国春暖了。穿着软绸的夹衫，走出了大门，便看到满天空的柳花，飘着絮影。不但是胡同里，就是走上大街，这柳花也满空飘飘地追逐着你，这给予

64

人的印象是多么深刻。苏州城是山明水媚之乡，当春来时，你能在街上遇着柳花吗?

我那胡同的后方，是国子监和雍和宫，远望那撑天的苍柏，微微点缀着淡绿的影子，喇嘛也脱了皮袍，又把红袍外的黄腰带解除，在古老的红墙外，靠在高上十余丈的老柳树下站着，看那袒臂的摩登姑娘，含笑过去。这种矛盾的现象，北平是时时可以看到，而我们反会觉得这是很有趣。九、十、十一、十二是东城隆福寺庙会，五、六、七、八是西城的白塔寺、护国寺庙会，三日是南城的土地庙庙会。当太阳照人家墙上以后，这几处庙会附近，一挑一挑的花儿，一车一车的花儿，向各处民间分送了去。这种花担子在市民面前经过的时候，就引起了它们的买花儿心。常常可以看到一位满身村俗气的男子，或者一身村俗气的老太太，手上会拿了两个鲜花盆子在路边走。六朝烟水气的南京，也没有这现象吧?

还有一个印象，我是不能忘的。当着春夏相交的夜里，半轮明月，挂在胡同角上，照见街边洋槐树上的花儿，像整团的雪，垂在暗空。街上并没有多少人在走路。偶然又一辆车，车把上挂着一盏白纸灯笼，嘚嘚地在路边滚着。夜里没有风，那槐花的香

气，却弥漫了暗空。我慢慢地顺着那长巷，慢慢地踱。等到深夜，

我还不愿回家呢。

（1946 年 3 月 12 日重庆《新民报·晚刊》）

枣花帘底

在很少的辞章上，看到有"枣花帘底"的句子。青年在江南时，不省悟这种环境。自到北平以后，所住的院落，总有枣树。每当花开的日子，嫩绿的清荫下，撒上满院子的幽兰香气，实在不错。假如书房就在这枣树底下，门口垂下帘子，更添了屋子里一片清荫。北平开枣花的日子，照例是端午前后，身上还可以穿夹衣，人就感到轻松。在清晨太阳未出时，院子里曙光清和，或在上弦之夜，天空上挂着半钩新月，枣花就特别的香。人也就感到适意了。

亭午在枣花帘底，隔了浓荫，看树外底阳光，也别有趣味。我家有两棵枣树，花是晚开的，近日才放绿星星的群蕊。因为上意短吟一绝曰：

> 小坐抛书着古茶，绿荫如梦暗窗纱；
>
> 苔痕三日无人迹，开遍庭前枣子花。

（1946 年 6 月 30 日北平《新民报》）

卢沟访胜迹

予昔居燕京十五年，闻卢沟晓月之胜，迄未往一探其地，今于山河一劫后，复居旧都，乃决一偿宿愿，专车赴桥访观。是为6月21日晨时，同行者为三弟仆野，黄静生、边灌水两生。仆野司新闻之采访，两生则摄影及写生也。

王瓜市

车出彰仪门，路忽然坦直。垂阳夹道中，轮驰如飞。予尝于十余年前赴跑马场，此道固旧日所未有。颇讶之。黄生告为敌人所筑水泥地面，直达长辛店。沦陷初期，敌固以吾土为其囊中物，四郊筑路，原不仅此，且公路旁犹拟建石板地，以专行载重牲车也。言时，指车窗外，视之，则巨石千万片，沿道侧堆积，为未兴工之剩物。予乃因之发长喟，且曰：白云苍狗，天下事正未可料。不修德而黩武，若祖龙筑万里长城，亦奚益哉？

此路康庄，了无障碍。道经一镇，夹路二三十户人家，槐柳四匝，绿荫下乡人麋集，置箩筐数百副，环列道旁，视其中，悉王瓜、瓠瓜，别无他物。黄生又告此为瓜市，入夏每朝一集，交易而退。瓜而称市，且在槐柳荫中，在古代之田园诗人眼内，当又一好诗料也。

宛平县

穿铁路之旱桥，宛平县城在望。是处原为清廷一戍城，由府丞坐镇，北平设为特别市后，县治始移于此。此在边省，不失为一良好城池。今都在咫尺间，遥望城堞一圈儿，真如斗大矣。宛平城堞，与卢沟桥堞同，共二百八十三。门有东西，而缺其南北。旧时入京孔道，穿城而过，公路因之。西门曰威武，东门曰顺治。至东门扉掩其半扇，有铁丝网置路侧，门有健儿戍守。车辆绕城北而过。予等出记者证，乃获入城。其中因城置街，亦仅数十户人家，夹道而峙。绿树丛中，坦途如矢，人家白粉墙低，枣花香起。风清日午，浓荫匝地。时仅三五行人，牵橡皮细轮骡车，悄然无声，徐徐行道上。了无城市气氛。此百十户人家中，亦有衙署，庙宇稍稍间杂。然其静憩也如故。西门有月城，故门亦重而为二。门上箭楼毁其半边，劫痕宛在。东门旧亦有楼，已夷平之。

转不如此残缺者，深供人凭吊玩味也。

桥碑亭

出西门，为卢沟桥头街市。今既不复为五十年前之五道锁钥，故肆尘寂然，唯望衡对宇，敞扉两侧。计其数约亦不过二三十家。肆中有苍白老翁，倚椅假寐。惜未作天宝宫人之问，否则，其目中之数度沧桑，足有令人畅记感慨者矣。吾人停车于此，各下车司其工作，仆野分访关系者，边黄二生则展纸走笔，各寻其目的作速写。予持一杖，徐行桥上，桥东有亭，石柱雕龙，倾其一足。中有碑高可六尺，黑质白章，行书卢沟晓月四大字，斧凿痕宛然。询之据畔小贩，贩云：七七之役，享受寇剑，故作是状，碑字漫灭，是盖胜利后新刻者。更有人有因而答话，谓此碑谓一宝物，月晦之夕，隔桥遥望，则有月一钩，隐约桥上。齐东野语，虽不值一哂，然天下附会名胜语，固无不如此也。

数狮子

由是登桥，平坦如路，殊非旧日图画中作微拱状者。桥本铺以石板，为车辙所伤，今已加铺水泥。宽约二丈许，车可并行。

桥栏以石片障之，数尺夹以垫柱，柱上每蹲一狮，形各不同，垫共二百八十三，故狮数如之。唯大狮或附小狮，或无，小狮之数不一，有二，有三，有一。且其所在亦不同，有在大狮爪下者，有哺乳者，有抱项附背者，有弄尾者。登卢沟桥行人，辄以数狮为戏，既须捉摸之，复须指点之，来复品数，偶不经意，遂惑其数。据桥头人云，数十年住此，未闻有人曾数清桥上狮子。凿凿言之，愈显神秘。实则行人匆匆，固不耐此耳。同人初不信人言，乃争相扶栏指点。四人同数桥柱三分之一，而其数恰不同，且相差颇远。予恐误工作，立笑止之。且曰：何必数清，不妨留此一点儿神秘，作人间佳话也。

吊古人

予缓步渡桥，得一坦地，则南有房屋数幢，夹一庙宅。方以为登彼岸矣，瞻望前途，则又有一桥，此桥高起稍窄，而长度约二百尺，过于（了）石桥，而旁为木栏，两端亦置栅门，复询之是间人，则知满清末季，卢沟水破西岸，复开一渠，夏泛至时，两河有水，于是又添此桥。七七战后，日寇于卢沟本桥上游，以坝阻水，使其改道而下。故今日木桥下浅水一线，澌澌南下。而卢沟桥所跨者，则白沙一片，远低青霭。闻水利机关，仍将使河归旧道，殆以木桥为基础，不如石桥之耐冲洗也。予因桥头有守者，不欲多费唇舌，复回旧桥。凭南北望，西山迤逦云际，虽骄阳下，犹有烟云缥缈之致。去石桥北可半华里，另有一平汉铁路平卧河上。七七之后，敌人意在此桥，从扼吾平汉咽喉。正环顾间，有铁甲车一列，势着乌龙，缓轮而循轨桥上，正亦吾人战利品。敌固常以此威胁吾地下工作人物者，车犹是也，噫嘻！掉首南望，河沙微曲向东，其前半畴小树，与云天相吻。予尝入关陇，过霸（灞）桥，虽吊古之思不减于此，而大气磅礴，卢沟实远胜之。五十年前，冠盖往来，无人能避此桥而默想其红尘熙攘之盛，复念元遗山卢沟去国之诗，写及苏东坡"大江东去"之句，徘徊桥上，令人有"前不见古人"之感矣。

履耻山

时守宛平戌军一零九师刘靖疆营长即派弟兄来招待于营部，予偕仆野往，畅谈甚欢。刘营长后派副营长庞如佑君导引游览，更招一身经七七战役之前余镇长，为解说地势。予遂后驰车出东门，参观日寇纪念战役之所谓一文字山。山距城一华里，在东北角，似为在卢沟所取筑堤浮沙，堆积于此，久而成阜。山之最高处，约五六丈，实不得谓之山。其峰势两支。斜向东南西南伸去，顶端另一山路横，日寇像其型，称之为一文字山。此一字，未知倭人作何解也。山原多枣树，土人因之称大枣园，八年来悉遭砍伐，无一遗留。登山西望，宛平全城在目。山前约三百尺，为铁路。敌攻城时，架炮于山，伏路兵于路下，实严重威胁是城。且事前，经常由丰台调兵来此演习，地形早已经熟矣。东望平原上有烟囱一枝，挺立碧空，是即丰台。当年以此两钳，置北平于虎口，毒哉倭寇，今顾安在哉？横山之巅，日寇立有尖碑，纪日华北战役之发祥地云云。谓是文字之一点。碑与基地，悉于胜利后，催裂仆地。盖国人愤而出此者，吾以为是不当仆，应留此以励吾后人，而更于其上再立一高碑，亦足以雪耻矣。山下南面筑有一石砌平台，为八年来纪念讲演处，其前一片广场，广场端立石礅二，作假门。门侧有屋数椽，为倭人游览休息处，吾人经此，无不感喟，而庞副营长屡作微笑。抗战军人，收地雪耻，此固其得意时也。

观战迹

观此沙丘毕，复回卢沟。两生作画亦毕。乃步行县城，寻觅战迹。大抵除东西两箭楼外，城堞均已修复，城中人家，于胜利后，修饰整治，已如平时，唯西门内一屋顶有一洞，非难复者，则尚听之。以问诸人，云是敌人攻城第一炮弹所伤，故存之以为纪念。原欲访今县长稍询近况，则县治已移长辛店，宛平旧城，恐又成历史名词矣。除此则东西门外，各有伏地小碉堡二，为唯一未脱战场气氛者，而卢沟桥头耸峙一立头三级碉楼，尤为触目。顾行人车马往来，烽火久经，似亦无动于中矣。

游览至正午一时，行将归去，复依桥栏，作片时之注目，黄尘碧树，野旷天低，近睹平沙之漠漠，远眺西山之隐隐，觉燕赵山河，终古有其高旷之遗风。国人好自为之，勿令人常有四邻多垒之感也。

（1946 年 7 月 7 日《新民报》）

盆莲

此言盆莲，谎也，取其字面浑成耳，其实只是一个荷花盆水面上几片荷叶而已。虽然，怪有趣的，倒值得谈一谈。事情是这样的：

两个月前，在白塔寺庙会上，买了两个藕圈儿。回家之后，买盆，搬泥，装水，放在花台上，天天去端详一会儿。三天，五天，一星期，两星期，还是两盆儿水。倒是放在里面的几个荸荠，抽出了一丛绿线条。荷叶，没有，更不用谈莲花了。

直到了前两星期，才在水面上漂出古时候铜子儿大的几片绿叶。我感到无望，不管它了。这几天，有门儿了，一盆挺着一片碟子大的圆叶，一盆挺着两片盆子大的绿叶，随着，又各有一根手指粗的梗子，上面斜卷着一枚玉簪子似的东西，那是将来要开的大荷叶。忙了三个月，天天在花台子边端详一会儿，就是这一点。除了我闭眼幻想出两朵莲花，在荷叶丛中展开，今年是不会有什么希望。

这也就很够了，每天它让我端详一会儿，工作得疲劳极了，在这端详之下，我到底轻松一口气。是苏东坡的话，"辄于其间，少得佳趣"。有趣就行，管它有多少花叶呢？我幻想中，曾也有红色的蜻蜓，在花叶上翱翔。结果，没有。倒是小马蜂常在小荷叶边上跑着，伸出喙去在水面吸水。我疑心这小马蜂和那铜子荷叶儿一样，是不忍让我太失望的。因为我曾于衣冠整齐将出门的时候，还会为了它们小立五分钟呢。

（1946 年 7 月 13 日北平《新民报》）

旧京趣闻

谈谈北京的戏院

中和戏院

在去年下年，还是中和园。它原来的舞台，是个劣马回头式，最不方便。阳历今春，已大加改造！内容大概和开明、真光具体而微。虽然对号入座，但是他们的椅子，不是一个人一把的活动椅子，乃是既粗且笨的露椅，用几条木档，将它隔为四座，而且摆得太挤，进出很不方便。它的楼，也不是像真光、开明、新明，凭空架起的。楼底下却支着几根铁柱子。这是美中不足的事情。

其他的规矩，和旧园差不多。不过没看座儿把持座儿的恶习，倒是具有革命的精神。台口是半月形，也像真光、开明。另外有种好处，就是这地方并不望洋大人光顾，台口没有那个奏西乐的特别包厢，观众和演戏的，多接近几尺路。

第一舞台

这是北京最大的戏院，唯其大也，乃属无当。如若不是演义务戏，不但不能满座，就是上五成座，也为少见的事。

此院仿佛上海的丹桂第一台，并不是欧化式，是上海式，所以它的座位，也可以分出什么月楼二包厢、头等正厅、二等正厅等等来，不过没有这种名目罢了。

这里看戏是很舒服的，但因为租金太贵，只有海派的人来京，敢在这里出演外，其余北京的伶人，无论哪个，不敢问津。

华乐园

华乐园在鲜鱼口内，其地向来不上座。因为程砚秋，虽然在那里可以卖满座，其实到几百人，就座无隙地来。后来朱琴心和前台商量好，将园子翻造，可以容纳一千人以上，情形就大为改变了。

这戏园子完全像吉祥园，所以和老戏园不同之点，就因为它台上没有大柱子，包厢楼上，分两层，也没有柱子，看戏的人眼前少了一桩厌物而已。此外，不过是新盖的，不是那样阴沉沉的。说到布置和旧式戏院的习气，那是丝毫未改呢。

（1926 年 5 月 1 日、2 日、5 日北京《世界晚报》）

到来今雨轩跳舞去

报上说，中央公园来今雨轩，要加开跳舞。从这个礼拜六起，就实行开幕。在这阔人越阔，穷人越穷的北京城里，多添一个男女消遣所，那并不值得奇怪。我们所要说的，就是来今雨轩老板的德政，实在可钦佩哩。

北京可以跳舞的地方，不过几处外国饭店。他们的茶点，都是极贵的，邀两三个朋友去喝点咖啡，吃一点饼干，总要个四五元。像北京饭店，到了夏季屋顶花园去喝茶看跳舞还另要门票，实在太贵族式了，非真正的老爷太太小姐，谁敢前去哩？现在来今雨轩一开跳舞场，那就好了。以我们不会跳舞而论，花上几毛钱喝一点汽水，就可以一饱眼福，怎能不谢谢来今雨轩老板那愉民乐化的大德呢？至于会跳舞的，虽然阔人居多，当然也有外强中干的。而今有了来今雨轩，比到北京饭店、六国饭店去，也就省钱多了。而且穷小子，学会了跳舞的话，花钱不多，也有找女伴搂抱的机会哩。

大家来呀，到来今雨轩跳舞去！

（1927 年 4 月 28 日北京《世界晚报》）

观张宝庆奏技记

一

曾闻人言，新自来京奏技之张宝庆，专演手术，有足解颐者。且谓其技，纯是练习而成，非如魔术之以伪作真，大可一观。予聆其言，遂于昨晚抽暇两小时，往中央电影院观之。除三场跳舞，一场小孩小技术尚属平常外，其张宝庆之手术，与两女孩之空中奏技，一时令人微笑，一时又令人为之挥汗，果不弱也。兹略志其技术如下。

张宝庆戴手套，执手杖，穿大礼服出台。帽落以足踢之，顶于鼻尖上，从容脱其两手套。脱已，以手套扣而为球，始自鼻尖取其帽，与手杖、手套一物，交互掷于空中。继而去手套，以火柴燃雪茄，后以此二物，与帽连环抛之，从此以后，见物即抛，种类甚多，最有趣者，以雪茄置帽中，将帽向下（上）抛，帽落头上，雪茄则衔之口内，而雪茄固火头犹燃也。其次，张两手，抛三木球，以右手递与左手，左手抛入空中，由右手接之，此三球在空中作辘辘转，令人目不遑视，手术真快极也。抛球后，又抛瓷碗，抛瓷盆等等，或三或四，各尽其妙。而最妙者，则为抛火把。是时，全场电灯尽熄，张手执三火把，连环抛掷，火把在空中，能旋转数周，落于手上。张一手一火把，空中一火把，无不火端向外，是亦难能也。

以上关于手术者，此外则为举重。以一酒瓶，上插铁棍四，四棍叉叉向上，顶一四脚之桌，桌上罩以白毯，置大灯一，小灯五。张以酒瓶衔在口中，高举桌面，坐弹琵琶一曲。复以六七寸之棍，顶之额际，棍上有一板，大如砚。顶之稳，加玻璃一片于上。玻璃上，放瓷杯五。杯上仍覆玻璃一块，再置已燃之小灯五盏。以上各物，均由张宝庆亲自安放。放已，又坐弹琵琶一曲。

（1927 年 9 月 16 日北京《世界日报》）

二

此事观之，虽觉甚难，但略懂物力学者，知此为重点适中之故，犹不为奇。而可奇者，乃为下列三事：（一）以台球之杆一根，顶一木球，立诸下巴之上。另以球杆一根，立于额际。此两杆，平立面上，高在三尺外。而额上之杆，能徐徐向前，将另一杆端之球，接顶过来。于是二杆仍复原位，并不堕落。（二）面上顶洋烛两支，一燃一不燃。已燃者能俯引上前，将未燃者燃之。（三）以报纸卷、尖角，顶之鼻尖，自擦火柴，将报纸焚化。报纸焚至鼻尖，全副成灰，犹能顶立不坠，然后一吹而散。夫顶重不难，难于顶轻，顶轻而至能顶纸灰，真异闻矣。

张奏技毕，两女孩在空中奏技。两女孩一在十二三龄，一在十龄上下，技均烂熟。惊险之处，为空中之双盘杠，杠如秋千，距台面约二丈余，由悬梯攀援而上。大女孩倒挂杠上，小女孩则更在大女孩身上倒挂。大女孩执小女孩一手，或执小女孩一足，能舒卷空中，上下自如，更能以绳圈一，悬大孩后脑，而小女孩亦于圈中挂后脑，为投环状。一人倒悬，项脖上更挂一人，险不必论，两小孩共不过二十岁，力能任此，颇可惊也。

书竟：又忆一事，即大女孩于盘杠已，一人独立于铜棍秋千之上，其处距台愈高，四角以铁索牵制之，使不动摇。女孩于上奏技毕，然后放其握绳之手，突立铜棍上，约静息二三分钟，台下有人吆喝一声，女孩往前一倒，脚不离棍，人不落地，如以身为轮，以棍为轴，在空中旋转一周，仍立棍上。又息数分钟，更复为之，则绕棍做三转。此种技术，若是硬功，未免出人意料。以予度之，当系鞋上有吸铁石，或有机关，与棍相扣住，否则无人在空旋转足不离棍之可能也。

（1927 年 9 月 17 日北京《世界日报》）

北京旧书铺

北京琉璃厂隆福寺各旧书店，以卖旧书著名于国内。说者谓彼等虽出身市井，然凡一书也，内容如何、著者如何、纸如何、版如何，知之极真，辨之极详，看书索价，大有研究。且其对购书者之性情与身份，亦洞烛无遗。因知购者非此书不可，故高其价，宁可交易不成，而勿容易脱手也。予闻此言，亦颇韪之。佣书之余，辄好涉足书摊，以搜集断简残篇为乐。至古色古香，整洁完好之书，则不敢问价。不但不敢问价，且亦不敢翻阅。明知商人以古董视之，多此一摩抚，亦殊无味耳。

然盘桓既久，则觉其闭门造车之定价，有时颇涉于不经。稍稍与讨论之，而漏洞愈多。苟欲某书，吾持以不屑之状态，略略论价，而其值又未尝不可大让。于是知彼等内行之称，究亦银样镶枪头耳，大抵彼等于书之研究，皆耳食与传统之训练，初非自能辨白书之高下。世人相传曰名著，曰好书，彼即以为内容佳矣。作者为翰林公为状元公，彼即以为名作矣。版或精细，纸或暗，彼即以为宋版明版矣（按：近来伪造古版书者甚多）。至于书之是否为遗书，版之是否为绝版，苟未经人道，彼不知也。而遗书与绝版大抵又不常经人道，故真搜罗好书者，仍不乏在书上得便宜货来。

新春厂甸开市，全北京小书商，遂各个列摊于海王村之东偏。计其摊，约在百数外，不啻为一旧书展会也。予每届春节，必在此处有数度之徘徊。经验所得，固知书商为不识货矣。试数事证之。

（一）抄本书，亦彼等所珍视者也。有毛边纸抄本两册，装订整齐，字则蝇头小楷，亦楚楚有致。询其价，则告以十元，予大笑。盖所抄者非他，乃人家窗课，所选《古文观止》《东莱博议》等之文。

（二）清代文人笔记，虽已刻版，至今荡然无存者，为数甚多。苟有残篇，吉光片羽，自可宝贵。予无意中得乾隆年间某文人笔记续篇一本，约三四十页，绝版书也。予度价必不小，姑闻之，则索值一毛五，予铜子二十四枚即得之。真是拿着蜡烛当柴卖矣。

（三）有相术书一部，约十册，予遇一老人持卷把玩爱不忍释。询价，告以十元，还四元而不售，老人怏怏去。越一日，又遇老人在彼议价中，老人出六元，而书贩非十二元不可，老人拂袖而去。此书除此等人不售，虽存十年无人问可也，而竟交臂失之。

由是以言，则北京旧书者之负有盛名，一经研究，技至此耳。于是知经验所得来之本领，究不如书本上所得为佳也。

（1928 年 2 月 4、5 日北京《益世报》）

旧京之漆画匠

凡在北平稍久者，必知北平民间有数种特殊之艺术，为南方所无者。试列举于下：（一）架棚匠，平地扎架，高至数十丈，或屋或坊，期日可成，而不须植一寸之柱于土内。（二）裱糊匠，以纸糊屋，无论如何凸凹不平，纸刷其上，有如油漆。（三）花儿匠，颠倒四时，无美不备，牡丹能开于冬，菊花能开于春，真奇技也。（四）漆画匠，北平之雕梁画栋，皆出此辈手。工整精美，固无论矣。而其工作时之手腕，尤令人羡佩。

昨日予至中山公园，见社稷坛大殿内，搭架齐屋方事绘画，又有数点可称道者。（一）一人立架，仰画梁之下面（与吾人写字姿势，适得其反），以粉笔在双十字间，每作两个半围，信笔涂去，其整如一。（二）一人侧卧架上，画梁之侧面，于已成形之图案中，以粉笔勾勒，其平直一如吾人之用画尺，而速过之。（三）一人在一镜式图案中，绘二龙，龙各左右向，中间一球。龙姿势飞跃，矫健之至。然彼下笔时，略不经意。而其左龙之一鳞一爪，恰与右龙之一鳞一爪，大小上下无不相等，真入化矣，此庄子所谓目无全牛者乎？（四）全殿梁柱，皆匠人随手书去，而其同式之图案，则任何一部，皆与其他一部相等，不见其用绳尺比拟也。

张先生曰：此等人，率皆蓬首垢面，终朝栗碌，而不过谋一饱者，试请艺术家、图案画家前往一看如何？吾知彼必怫然不悦曰：此有雅俗之别，恶可一为此拟？张先生曰：此艺术界视为最公道之言也。

（1929 年 4 月 8 日北平《世界日报》）

刘天华先生雅奏记

但觉婉转动人凄凉欲绝

果然毕竟天上岂复人间

　　我太懒，像这样一篇应该作的文字，一直等到今天了。不是
下雨的那一天，就是天晴的那一天，反正有那一天吧，同事吴范
寰先生说：玉华台的淮安汤包好吃。雨花台？这名字由新都那挪
过来的吧？倒好听。我便答应去。上星期五，吴先生又是两次电
约，盛意殷勤，却之不恭，我就不远西城而来。到了王府井大街，
原来是玉华台。管他，为汤包而来，非为雨花而来。且进去登楼，
在座除了吴先生，还有音乐家郑颖荪先生。我们由肥大盐水鸭子
吃到砂锅豆腐，由郑先生赴首都请愿，火车不通，自临城折回，
谈到了梅兰芳老板渡美。也不知如何，后谈到红豆馆主，更谈到
许多音乐家。我说，刘天华先生，琵琶真好，可惜没有听过。郑
先生说，二胡更好，他的拉法，是创造的，与别人不同。吴先生

说，什么时候，介绍我们去听一回雅奏。郑先生说，刘先生家离此不远，马上就可去。我和刘先生会过几次，首先赞成。吴先生虽然觉得有点冒昧，禁不得我的力促其成，于是同到刘先生家。刘先生正由学校回家，还不曾用饭呢，仅只稍延几分钟，便来客室相陪，这真让我心里过不去……且住，又犯了写卖驴文契的毛病，归入正题罢。

郑先生似乎知道我们害臊，不肯直说，便代达了来意。我就老着面皮，跟上说：似乎冒昧一点。可是不用我转入然而的字样，刘先生已经完全表示允许了。郑先生真机灵，先给刘先生拿了二胡来。那二胡似乎比平常的大，筒子上并不滴松香。刘先生只把松脂块在弓弦上抹了抹，微笑着说，大家一定失望的，我拉一段《病中吟》罢。我们都沉寂了，便望着刘先生的双手和那把二胡。刘先生拉时，弓有时拉得很长，有时又拉得很短。那按弦一只手，像弹三弦一般忽高忽低，忽疾忽徐，尤其是按弦的手指，上下一抹，有不尽之妙。把数，也估量着，有九把之多。那琴声，先还不过是婉转而已，到了后来，声音是非常之清缓。在那说不出所以然之间，我们都无端伤感起来。有几个音调之中，我几乎凄然下泪。琴声慢慢的不绝如缕，便完了。我们不约而同地鼓起掌来。

我不但没有见过，也未曾听人说过，刘先生将二胡改成这样拉，我除了说好而外，还佩服他勇敢。

我们很不知足，又想听琵琶，还是郑先生代为转达。刘先生除了客气一句又要失望而外，便答应了，弹个《飞花点翠》。我们由这名词上，可以知道这又是一个很幽静的调子了。初弹时，大有古琴味，很简单几响，表示花片的静中落下一片二片，后来似乎是表示一阵风到，一个繁复的音节以后，一阵一阵的，落下花来。我们听这调子，只是觉得悦耳，便不像以前那样哀怨了。琵琶弹完，我们不好意思再要求了，只得随便说说。郑先生看出我们的情形，就代为要求或弹或拉，由刘先生再奏一曲。刘先生真赏面子，又将二胡，拉了一个《空山鸟语》。这个拉法又不同，在二胡里表示许多鸟音。但是，读者不要误会，以为像耍口技的人一样，随便做做鸟叫。他这调子，依然是很婉转，不过在音韵中，可以想象许多鸟语而已。有几处，音非常之高，手几乎与筒相接，那也是表示一只鸟语呢。此曲奏完，已经三点钟。我们直觉把人闹够了，又随便谈了几句话，我便和吴先生告辞。刘先生一直送到门外，再三地说，请有空再来。然而，我心里说，我们已作了一次牛，一之为甚，岂可再乎？

　　我是音乐的外行，避重就轻地说了这一大堆，有不通之处，还请刘郑二先生原谅。早安！

（1929 年 12 月 10 日北平《世界日报》）

二十年前之一席菜

物质文明增加，则生活程度增高，此为一定不移之理。吾人今日所吃之大米，每包价值十六元上下，以后欲求十元一包之米，当不可得。更进论之，今后大米之价值，每包在二十元以上，则欲求今日之十五六元一包，其事亦绝不可得也。趋势如此，吾人对于生活程度之递进，似无所用其不满。不过仅就我国论，物质并未有何项进化，而日用所需，独价值与年月并进，是则中产以下，仅糊口之人，有竞走不上之憾者。夜窗小坐，闲思二十年前事，更忆及当日之生活程度。直觉我之尊长父老，皆羲皇以上人矣。譬如平常家中来客，不过鱼、肉、鸡蛋、青菜、豆腐等物，以供一嚼。此在今日旧都，非二三元不办，若在彼时，则微乎其微矣。试列表以明之。

猪肉一斤，六十文。鱼一条，五十文。鸡蛋四个，十二文。鸡一只，百五十文（二斤重）。白菜一斤，五文。豆腐四块，八文。萝卜一把，三文。黄花木耳，约二十文。酱醋佐料，约十文。

合之：仅三百文有奇耳。当时予在南昌，此账可代表长江一带。长江交通便利之地如此，全国可知。江西抚州人办席，有言曰：中间一碗肉，四围九十六，其贱愈不可言。手书一过，觉二十年间，已不啻沧桑一劫也。

（1930 年 3 月 4 日北平《世界日报》）

旧京俏皮话诀

一

　　国都南迁，旧京一切事物，失其所以为首善者，唯燕市言语，仍得保留为国语资格，此殆旧京人士尚足相傲以自解嘲者乎？推其原因，亦甚简单，即此间人士所言，与以文字书之者无大出入，仅将读入声者，悉变为平声而已。愚客旧京已逾十年，朝夕相闻，无须若何之所究，已不难操半吊子之官话，而与世间人士往还，又时时发现言之甚俏皮而外省人中并不难懂者，因随笔录之，以附上画，藉供研究国语者之助，而学京戏写白语体文者，亦间可采及一得也。

　　儿　学国语者，如不得此儿字诀，则终身不能操俏皮之北京话。盖此儿字，在旧京人口头言，十之七八为尾音，不必清楚。

如这儿、那儿、花儿、朵儿，此儿字可如儿子之儿字读出；若一点儿、小妞儿等，三字独立言之时，则点字、妞字重出，儿字速出；及真纳闷儿、小胡同儿，此儿字则几无音，并入闷字、同字，然无儿字便又不成地道语，并非赘字也。大抵南人学旧京语喜卷其舌，而又好于言语中加儿字，闻之异常刺耳。若旧京人谓这年头（儿）、吃点（儿）、喝点（儿）、乐点（儿）、老一点（儿），在南人言之，必一并将儿字念出，则失其俏皮之意味矣，此种意味，只可意会，笔墨殊无法形容之也。

（1930 年 7 月 9 日《上海画报》）

二

别　吾前谓京语（京指旧京，下均此）有拼音字，读者得毋以为谎乎，请以别字为证。别，不要两字拼成也，如别说、别走之类，南人从《红楼梦》得来，已尽知其故。此字如以十六七岁女郎言之，言时皱眉作微笑，则闻者回肠荡气，胜闻吴侬软语也。别字已简矣，然尚可一字单用，唯字后须加语助字音而已，如"别价"是，此价字，读成英文之字音，向对方作劝告之词也。又如京剧《翠屏山》中，潘巧云向杨雄曰：大爷，别呀，你可往后别呀。其语因浑（京语读此作荤素之荤），而别字之可简用甚明，若改为不要，便笨矣。

（1930 年 7 月 12 日《上海画报》）

三

甬　文书中无此字，然口头上则常用，仿别字例，以不用二字拼成者也。此甬字与提字连合，如甬提了，京剧中尚不乏可寻之处，其他如甬说、甬想之类，殆多赞叹与惋惜之意也。

得　此字，南人亦多能用之，以言传神则未也。此字有无数种意思，如一人斟酒，一人持杯，连呼"得……得……"够了之意也。如一人碎碗，一人从傍（旁）缓声言之曰："得……"完结之意也。如一人数其人之过，一人曰："得，倒是我错了。"不是之意也。如一人办事甚佳，一人点头于其侧曰："得，这就成。"赞美之意也。如得字下加啦音，则恒为不满意其人其事之意。此正如英语中之 yes、no，向以对方之言论而定，划一言之，必得其反也。

（1930 年 7 月 15 日《上海画报》）

99

四

损　此字求之南语，亦无可比拟，似为损德之一种缩脚语，而渐变化为普通耳。平常可分两种用法，一种为批评人之残忍，如阶下有蚁斗，一人以足踏之，另一人则曰："你损透了。"一种为批评人之刻薄或谐谑过甚，如王幼卿唱《女起解》，马富禄为解差，玉堂春欲拜解差为义父时，马富禄则笑曰："你拜我做爹，我还有不乐意的吗？可不知道你哥哥他肯不肯。"语时，以手指场面上之王少卿（幼卿系其兄奏琴），而少卿乃顾场面左右微语曰："这孩子真损。"明乎此，则损字之用法，当无所错误矣。

（1930 年 8 月 3 日《上海画报》）

五

吗　尽人知其为疑问语助词，然在旧京人谈话时，亦有为加重语气，而无疑问之意者。比如曰："从前四个铜子，可以吃一斤白面，而今四个铜子吗，也只好买一个窝头啃罢了。"此吗字为加重语气，不含疑问之意。试将吗字省去，其意义不变也。普通人写"什么"有作"甚吗"者，意固无二，从此"什么"与"甚吗"，由口中出之，则绝对不同。"什么"二字多以短促之音表出之，"甚吗"则语气加重之时多。如以二拍子谱此两字，甚字可占一拍又半，而吗则半拍也。内城旗族姑娘，每于道"甚吗"二字，往往掉其油松之辫梢，而足一顿，与"什么"之意义绝异。盖不仅诘问，并有烦腻之意思于其中也。旧剧"什么"，有时亦作"甚吗"，盖为押发辙然，于意则无变更矣。

（1930 年 8 月 6 日《上海画报》）

六

缺　缺德二字，为旧京妇女最普通之语言，较之沪人之短命语，同为一种骂人而又不深骂人之表示。此二字之意思，仅就字面解释，即属可通。旧京妇女，每于调戏之时，不问同性异性，恒不免有此一个名词掺杂其间。若夫闺房之中，甚于画眉。丈夫在一旁作吃吃笑，细君则笑而睨之曰："缺德！"几乎"不曾真个也销魂"也。此一语，须急促出之，德字念作平声，若念入声，便失味矣。而缺德之甚者，则简称"缺"，或"真缺"，或"多缺呀"，或"缺透了"。俗有缺德"带冒烟"之语，则其人之所为，必有大不堪者，以真缺及缺透了为习闻语，至于"缺"之一字，则间或于女子口中出之，而言时，则脸上必做不屑之状，而微掀其樱唇，以诗喻之，所谓"神妙欲到秋毫颠"也。

（1930 年 8 月 24 日《上海画报》）

北平老童谣

"小警察，一身青，见了洋车你发狠，见了汽车你立正。"
这是北平一个老童谣。虽然不过二十个字，这里面充满了儿童们
很天真的正义感。

这种对富贵主儿立正，对贫贱汉子发狠的行为，大都会里，
是在任何一个角落、任何一个时候，都在继续发生着，倒不一定
北平才有。北平之所以有这个童谣，也许是往年为首都所在地，
而形迹更显明的原故。其实，这童谣发生在二十年前，那时候的
汽油不会卖到一二十块钱一加仑，老早就对坐汽车的有一种了不
得的感想，到了今日，又当如何呢？

在大街上行走，你很少看到和轿夫、人力车夫讲客气的人。
反过来，他们对坐汽车的主儿，永远是不敢也不能发狠的。"世
间多少难平事，不会做天莫做天。"我要问天。

（1939 年 10 月 20 日《新民报·最后关头》）

103

借元宝

　　正月初二日，北京的财迷，都向彰仪门外财神庙借宝去。而且有人要烧第一炷香，天不亮，就在冰天雪地的城门洞里等候开城。庙里那分动乱，人如蚂蚁搬家，自不必说。财神殿旁，有个管纸元宝的和尚，大放其现款。看客喊着："借两对，借两对。"和尚照数付与，毫无条件，只是彼此有个默契，明年正月初二来烧香，要加倍奉还。纸元宝加倍奉还，要算得来什么？你自不怕这重利盘剥。可是，你来烧香，不是白来。来借元宝，你得向殿旁簸箩里丢香钱，你来还元宝的时候，还得向簸箩里丢香钱。簸箩边坐着一位和尚，笑嘻嘻地望着你向那里扔铜子儿与硬币，或者是现大洋。你这一借一还，和尚就弄了几十倍的利息了。也不仅是"欲将取之，姑先予之"。而且，拿假的换真的。你以为他"慈悲为本"，愿烧香人个个发财。你是让财神爷脚下的和尚，先敲了一笔竹杠去了。

　　虽然，北京人不悟也，年年正月初二，彰仪门大街，人挤破了脑袋，向财神庙送铜子儿去。直等口袋花光了，人也冻僵了，借回来的几个元宝，恭恭敬敬地在佛案上供上一年，到了第二个正月初二，还得再花一回钱，再冻僵一回，心里才踏实。花钱事小，这两趟西北风，实在不容易消化。和尚骗钱也事小，拿人身体开玩笑，其罪不胜诛。说破了，世人实在不应当向财神爷脚下去打主意。

（1942 年 2 月 16 日重庆《新民报》）

隔巷卖葡萄声

予有十余年之时期，不能闻北平小贩唤葡萄声。其后离平居京，更入川，此事遂废矣。先是予居平之三年初秋，患伤寒，甚殆。幸不死，卧床亦久。由中元以至中秋，均缠绵床褥间。予青年困于婚姻，且以父丧失学，备极懊恼，时昏卧会馆，鲜有照顾者，而孀母幼弟正群客芜湖，北上未能，月赖吾三四十元之接济。予病，自秘之，家中包裹亦勿能寄，枕上无事唯思不得意事自遣。复念病或不起，孀母丧其长子将不能堪，其下除仲弟已冠可经商外，其余弟妹四人，均弱小将失学，其不幸更甚于我。以养母育弟，予固跪誓于先君弥留之际也。思极而悲，泪涔涔落枕上。长午如年，小院人静，两扇纸窗外，唯隔院之碧槐巨影相对。而扰其思潮者，则为小巷唤"甜葡萄，枲枲枣"声。时内乱未起，物价贱，葡萄一斤不过洋数分。而物价愈贱乃愈多，唤葡萄枣儿声此落彼起终日不绝。亲友之问讯不至，而此吆唤声遂永留脑际不去。自后，入秋每闻此声，则卧病滋味即在目前，盖印象深也。

一别北平十年。为人作嫁，又只身北上。于城僻处颇有一家，空室无人，六七老树，十余小树，各以其亭亭之盖助予"作嫁"余之写作。或以事迟出，天高日晶，空庭阴老，玉簪于墙阴抽出三四枝，告予仲秋之午矣。忽隔巷唤葡萄声来，令予怔然如有所失。予母七旬矣，知予闻此声而感。予妻久随笔砚旁，亦知予性，相隔数千里外，得毋心动耶？幸今非二十五年前北京，吆唤葡萄者，若空谷足音。否则予若塞上衰囚、楼头少妇，殆不胜多感之苦也。

（1946 年 9 月 15 日北平《新民报》）

荣宝斋的木版水印画

我拿着一张生宣纸，上面画着各种颜色的图画，送给人看，问这是什么？任何人看到宣纸的洁白和画上颜色鲜艳，毫不犹豫地说，这是某先生的国画。我笑说，错了，这是荣宝斋取了某先生的国画，制成木版重印出来的。

荣宝斋是北京经营木刻彩印画的一家。先前这铺子叫松竹斋，后来改作荣宝斋，在琉璃厂靠西路北。我们从前知道某人有好诗笺，不用提，那准是荣宝斋的。荣宝斋 1952 年改为国营，它的发展祖国民族艺术的基础中，放着光辉的异彩。

这种木刻套印，大概宋朝就开始有了。那时已大量印行木版书，套印彩色画，也就是从这时慢慢发展起来的。当然，彩色方面，还不能像今天这样精致。有什么依据呢？查徐度《却扫编》说："彩选格，起于唐李邰。……至刘贡父，独因其法，取西汉官秩升黜次第为之。"这不是证据吗？这个法子，从前叫彩选格，还没有图画。到了宋朝，就有升官图，当然这里面有图，还夹杂一点儿红绿的颜色，这不是木版套印的初步吗？你必定要问，像这种雕刻印刷，恐怕要好些个用具吧？

你这样想，其他人也必是这样想。其实这完全是靠眼、手和思想这三样东西。至于雕刻用具，荣宝斋设下三个玻璃桌子，要用的东西，全排列在里面。是些什么东西呢？就是刻刀，大小有几十种，笔、排笔，也有几十种。此外是刷子，三四只洗笔的碗，几十根装着颜料的玻璃管子。如此而已。版是怎样仿造的呢？这说起来又相当的难。先把原画放在玻璃桌子上，底下放了电灯，那就上下透明了。就在原画上描摹好几张，名字叫作套版。平常花草，不用什么颜料，也须套个六七次版！若是复杂一点儿，套用几十块版子，也很平常。譬如刻玫瑰花，先刻花中的点子，还要刻一块版。次刻花上细枝，又要刻一版子。又其次，淡红的花瓣，也要刻一块版子。这样零碎刻版，刻完了，然后一块一块复印，掀开版子一看，那就和原版一色无二。就是原作者自己盖的图章，在这上面也与原作不差分毫。

去年秋后，荣宝斋曾将五年来出版的大小二百多幅作品，在美术展览会里陈列出来。里头分作年画，诗笺谱，十竹斋笺谱，敦煌壁画第一、二、三、四辑，民间剪纸，沈石田卧游册，恽南田花草册，任伯年画册，陈师曾山水，现代国画，齐白石画册，现代国画选集，中国古代漆器图案，古代画集。这些展览画受到北京中外人士的一致赞扬。

（1956 年 6 月 17 日香港《大公报》）

逛厂甸

新正厂甸，为都人士女一大游乐场，挨肩叠背，热闹近半月。其实此间不过集合三类浮摊，一为小儿玩具食品，二为书籍字画，三为玉石古玩，以言游乐，无可游乐也。故吾以为逛厂甸者，只有两种人差为有意识，一属于过年得钱之小儿，可来此尽择其所欲之玩物以去。一属于好搜罗断简残篇之文人，可趁此群书陈列之时，得从容掘发不易得之秘本。于此而外，则皆"看灯兼看看灯人"之目的，以度其无所事事之新正。否则问游人之味何在，彼自己亦无从而解答之也。

因述看人，不期而忆及一段故事。相传上元之夜，司马光夫人，欲上街看灯，光指家中灯曰：此非灯耶？何必上街。夫人笑曰：兼看人耳。光曰：往街上看人，我是鬼耶？夫人无词相对，乃不往。吾以为执此词以相难，则逛厂甸之人当一一哑然失笑。盖厂甸各种社会之人类而外，其余实无甚好看。若谓家中之人不是鬼，即不应来厂甸看人，则此来为看各种浮摊耶？看而不买，

111

尤为无味之甚矣。

社会上之事业，偶然人心一动，辄足成立莫大之事业，只要群众皆欲一试，初不问其意味如何也。作客京华，渐及十年，此年年长时间厂甸浮摊，吾始终不明其何以不衰？及今思之，或亦因此新正休业其间，由于社会上之人心一动欤？

再谈厂甸买画

前谈厂甸买书矣，请再谈厂甸买画。由师大门首沿新华街路心，直至海王村口，均搭有芦席棚，中为画市。新华街尚宽，两旁依旧可行车马也。除棚中四壁均挂字画外，并横空布有绳索，悬画其上。观画者如蚁穿珠，侧身画丛。但画市与书市异，十之八九为赝鼎（品）。古人可假，即北平当代名家，亦未尝不假。尝与王梦白同游厂甸，见大轴王画花鸟十余幅，标价自十元至三十元不等（当然可以大大讨价）。窃以为怪。盖王名不如齐白石，自视甚高，不屑与齐伍。宁有以此贱价出售者乎？囚（因）私询于王。王微笑。予知为伪造，因问何不责卖画人冒滥。王笑曰：这年头，大家骗骗饭吃吧。他晓得冒我王梦白的名，就算抬举我。王之旷达，诚有足多，亦可见厂甸之画，无眼力者，万万不可买矣。

113

偶有所思

自北海想得来

编辑部第五十次聚餐会，移到五龙亭。叨光在百忙中得逛了一次北海。躺在藤椅上四周一望，绿油油的树林，起了一重碧城一般，围着这一湖荷叶，就有些画意。东南角上的景山，在碧城外突立起来，盖着一层蓬松的绿树。三个半露的亭子，斜阳一抹，越发是可爱了。就是正对面的琼岛，巨塔之下，楼台亭阁，一层层半藏半露之树木山石里，也有它的风致。我赏玩之余，因此，联想到北京城里挖湖堆山，这是何等大的工程？前清的皇帝、老佛爷，做这个三海，真也会受用。转身又一想，做皇帝是不能到处跑的，哪能像一品大百姓，可以鉴赏真山真水呢？他要不是有几座花园，三百六十天，都坐在宫里，真与坐牢无异了。再说，这地方，我们来个二三十次，也就有点腻，皇帝却终其身如此而已，也就不甚稀奇了。四海之大，什么好景没有，咱们老百姓爱上哪儿上哪儿，皇帝能够吗？于是倒觉得做百姓之自由。

又一转眼，就以穿四尺长的坎肩或一尺一二寸长的短褂的异性同胞（明知此句，抄袭时贤妙文，却无法使之短，奈何）最可注意。这一看，就觉得她们是文明人，应该和男子平等。比那不识字的贤妻良母，以及拜佛念奶奶经的妇女要强万倍。可是仔细一想，她们好处在哪里？衣服，买的；鞋袜，买的；吃饭，喝茶，也是人家办好的；花的洋钱钞票，也是人家挣来的。这都不算，恐怕生了孩子，都得请人喂，头蓬了，还得人梳呢。旧式妇女分男人的利，还有一点附带条件，煮饭、洗衣、做鞋、奶孩子，偶然逛一趟庙，听一台戏，还得赶个节令。新式的妇女，一概不问，专花男子的钱得了。这就叫男女平权。

……

北海从前未开放，荒凉也就荒凉了。开放之后，游士如云，内务部当然多一种收入。这好比办矿开路等等，不办也就算了，办得好，总会振兴的。且慢，这样转去，要正式谈到国家大事了，打住罢。

（1926 年 8 月 16 日北京《世界日报》）

供兔儿爷及其他

中秋节一天近一天，街上卖兔儿爷的，一天也汹涌似一天。北京人向来是最不愿意这个"兔"字的，到了中秋，就成了例外。你只听嫦娥奔月戏里，那位兔儿爷唱的话："八月十五中秋节，家家供我兔儿爷。"你看他这种志得意满的气象，那个"我"字有多响！我就不解北京人，对于兔之为兔，何以倨于平常，而恭于中秋节？

这个理想，我一直纳闷好几年，不能解决。一直到了前两年，也是中秋节，我正要提笔作一篇颂兔记，有人说：颂不得，很触时忌呢。这个兔运年头，少和兔儿爷开玩笑罢。朋友说了这句话，我的文字，自然是不作了，我的疑问也解决了。原来恭维兔儿爷，是赶上兔运正红之时，有点儿怕它在天之灵呢。

由此类推，可以揣得世人恭维之心理。

（1926年9月19日《世界晚报·夜光》）

刮风无客不思家

这几天，北京又开始刮大风。一出门，漫天漫地的灰尘，就会迷住人的双目。到了这种日子，所有在北京的南边人，都有一种感想，以为山青水绿，鸟语花香，还是江南好。不是为着挣这两个臭钱，早就一溜烟的归去来兮，谁还在这种风沙里面，做整个的灰色人物。由此说来，钱是好东西，好宝贝。可以叫人丢了山青水绿的故乡，来做风沙里面的灰色人物。换一句话说，人未尝不知风沙是讨厌的，不大好呼吸的。我们若说江南客对北京都有所恋恋，实在是冤枉。

有人说，北京的沙土，都是口外刮来的，不应归咎北京。这话不对。因为沙土若是从口外刮来的，只应该刮北风才有，现在刮东西南北风都有，可见沙土是北京本地的了。既是本地的，那没有什么问题，只要市政办理好了，沙土就可少了。我相信北京市政总有好的一天。那时沙土刮不起来，也免得我们江南人，刮风无客不思家了。

（1927 年 4 月 22 日北京《世界晚报》）

卖花者言

前天黄昏时节，在大门外闲眺，一个卖花的来了，挑着五株美人蕉，两大盆玉簪，把担子歇在我面前，问我要花不要？我说不要。他又说，老主顾要了罢。我说，没有心事（思）玩花呢。他再三说，先生可怜我吧，买下去得了，我是得价就卖，明早好回丰台。我听他这样说，有些不忍，只好买了。

卖花的挑着担子，一面走，一面说道：唉，这个买卖不能干了，北京城里的人，买面都快要没钱了，谁还买花？这个出钱的地方，钱也不知道上哪儿去了。记者听了他这话，随便记下来，也算一篇小月旦。

（1927 年 6 月 14 日北京《世界晚报》）

真乐

许久不上天桥，昨天偶然到那里去一踏。首次瞻仰先农市场，算我发现了新大陆。我见短衣跣脚的朋友，坐在草棚外听相声，或蹲在铁锅边凳子上，喝烧酒，吃炙里的烤羊肉，以及其他。我觉得他们花钱不多，一样能得真乐。有些人家里睡着整千整百的洋钱，处处被规矩虚荣缚去了，那（哪）有他们这样开心。

我很惭愧，我一个月所挣的钱，要超过他们若干倍，所识的字，也许要超过他们若干倍。可是这样喝酒吃肉听相声，一点不受拘束的真乐，并没有得过。然而，他们看我穿了一件毕（哔）叽长衫，却也十分羡慕我是体面人呢？怪哉！

（1927 年 9 月 8 日北京《世界晚报》）

为新明戏院惜蒲伯英

劝业场一场大火之后，现在又火烧新明大戏院。真也奇怪，越是伟大建筑，倒越是惹火而不可收拾。提起新明大戏院，资本家蒲伯英实在费了一番苦心。单说那个戏台，原是半月式的，已经快成功了，蒲以为不安，又完全折（拆）去，重新改为镜面式的。因为这样办，才合于演布景戏。

蒲氏建筑新明大戏院，和办人艺戏剧学校，是一个宗旨，打算在戏剧上做一番新事业。不料那个学校为了几个不上进的学生闹的风流案，冰消瓦解。老蒲花了两万现大洋，只造出一个能演王宝钏的吴瑞雁，我真替他呼冤。而今新明大戏院，可怜一炬焦土，上十万块钱又成泡影。老蒲大雄心完全付之东流了。咳！建设谈何容易？

（1927 年 11 月 15 日《世界晚报·夜光·小月旦》）

无灯无市过元宵

好大的风，刮得六街无人。昨日本是元宵，在这一晚上，北京好事的娘儿们，都要出去逛灯。照着昨晚上那种情形，在院子里打一个转身都受不了，大概不至于去逛了。

其实自民国以来，北京城里，就没有灯市了。所谓逛灯，不过是走到街上去看看铺子门口的电灯。真是奇怪，三百六十五日，天天晚上有的电灯，到了元宵这一晚上却特别的值得一看。年年元宵看见许多男女在前门大街胡挤一阵，不知道是犯了什么毛病？而那维持秩序的巡警，为了这不知所云的一件事，只落得汗流遍体，尤其冤枉！

昨晚前门大街的"人潮"总算风刮去了，且看来年怎样？

（1928 年 2 月 7 日北京《世界晚报》）

和平门内花台

去年和平门成立而后，门内马路中间，建筑花台，种了许多花，倒有些蓬勃的气概。不料到了今年，凋残了十之四五。到了明年，不是花台，恐怕是土台了。

我很不明白，为什么市政当局只管种植，不管保护。既要栽花，当然望他垂之永久，若是不望他好好地长着，何多此一栽？栽了不管，这个理由，请了发起栽花的人自己来说，恐怕也是无词可措。

中国人办事，就是这样打吗啡式的，一针插下去，兴奋起来，马上就精神勃勃，药力过去，就无能为力了。扩而充之，就造成一个"一事无成"的局面。

（1928 年 4 月 8 日北京《世界晚报》）

又甜又凉又好喝

"呵！糖搁得多，又甜又凉又好喝！"天气热了，卖酸梅汤的这种唤声，也就时常听见了。神圣的朋友，他们听见站在树荫底下，说道："嘿！来一碗，多搁些冰。"你看他，端起碗来，一饮而尽。自然，这是又甜又凉又好喝。但是我们在一边看，不禁地替他们担忧，虎列拉那种毒菌子，没有跟着汤下去吗？

本来呢，这种酸梅汤，是用开水黑糖酸梅三样制成的，没有什么不能喝，可是酸梅汤要凉了再卖的，是否不兑冷水，那很难说。就算不兑冷水，每碗里一块冰，简直是搁上了"病之素"了。诸位，你说热天市上的冰，是哪里来的？乃是冬天在护城河里挖来，放在窑里收着的。所以直接是吃冰，间接是喝护城河里的水。护城河里的水，又和城里种种秽水，是有极大关系的。你想吃了冰，该怎么样呢？又甜又凉，都对了，又好喝，却未必吧？

125

由北海说到乾隆皇帝的脑袋

我是许久不到北海了。前几日，天气晴朗，偶然得了半天的空闲，便在五龙亭桥头上独据了一张茶桌，临风品茗。偌大的一片场合，望五个亭子，只有三四桌茶客。偏西的太阳，照在萧疏飘荡的垂柳上，兀自向人头上，落着枯叶。那水里的荷叶，一大半是焦黄色。有些只剩了半边，或空秃秃的撑着一根竿子。也不必再让凉飕飕的风吹到身上，已经觉得萧条万分了。

我们由此想到三年前的北海，那是怎样，衣香鬓影，人语喧哗，垂柳荫中，只看见人来人往。那个时候，秋柳虽然萧疏，有人还爱树上一抹斜阳。秋荷虽然憔悴，有人还爱荷下一泓秋水。真个说是人逢喜事精神爽，我们幻想着这样热闹下去，不到两年，也许变成城南游艺园新世界，要笙歌拂天了。然而不料有人独据一亭一桥一椅一桌，在这里赏秋荷秋柳呢。这似乎由大人太太少爷小姐办了交代，是穷诗人的北海了。

我在五年前，曾作过一篇理想小说，名曰"百年后之北京"。在我那篇小说里头，真个认为这里是民国首都万世之业，说得天花乱坠。也亏我想入非非，护城河变了暗沟，上面是很宽大的马路。绝不料这个"京"字，到如今打入冷宫，废为庶人，革职永不叙用了。而且小孩大人之随地溺也，有变本加厉之势。同时我幸而言中的北海变成公园，复又如何如何，那更不必谈了。

五年前的人，谁能猜到五年后的事。我想张雨亭（张作霖）先生，他不会料到在皇姑屯吃那一弹。曹仲珊（曹锟）先生也不会料到亡命大连。吴子玉（吴佩孚）先生他不会料到穷无所归，天天嚷出家。还有那什么颠倒众生，所谓娇憨明慧……香艳亲王的金少梅老板，九天咳唾，珠玉风生，而今只落得吃了黑饭，愁着白饭，玉颜憔悴，找不着吃饭铺子了。五年前谁能料五年后的事？而况一辈子。

这样看来，大钟寺的方丈，做一日和尚撞一天钟也好，韩家潭清吟小班的姑娘，做一日钟撞一日和尚也好，我们千万别……为那帝王万世之业。你如不信，你去问问东陵枯骨，乾隆皇帝。他当年在位六十年，三下江南，真个是富贵安闲的天子。而今呢，他睡在土里一百多年，他的子孙，竟没法找出他的脑袋。写到这里，稿纸完了，就此打住。

（1928 年 9 月 22 日北平《世界日报》）

秋风起矣

前天下了半天细雨，昨日刮起一天北风，天气突然就加凉了。早晨起来，见院子里的槐树，落了满地的黄叶。东上的日光，正由叶网子穿了过来，也并不照眼了。在大门以外一阵一阵嚷着卖菊花的过去。只这一些儿点缀，我们便觉得秋深了。这个日子，拿着一本《陶靖节集》，坐在窗下看。案上陈列几盆新菊，十分助人的诗兴，所谓春秋多佳日，也足矣让人快乐了。

但是一展开本日的报纸，便是北平失业者若干人的报告，又是难民急待救济的消息。这一阵秋风秋雨，只算给人报告了一个凉信，以后这样下去，天气更要凉得可怕了，这些失业者吃还没有，衣哪里来？

十点钟后，亲自到邮政局去发了一封信，借着走几步路，当是一个小运动。路过一家当店，只见那当店里的生意，比往常兴隆，原来都是赎取棉衣的。我们身上穿得很暖和，不会觉得怎样。

可是那些无钱取当的，那一种感觉，恐怕不是言语可以形容的了。

秋风起矣，我不免听评书掉泪，替古人担忧了。

(1928 年 9 月 25 日北平《世界日报》)

想起东长安街

——当年肆扰寇兵尚有存在者乎?

四十六岁的我，有五分之二的岁月，托足于北平。北平与我此生，可说有着极亲密的关系。可是在失陷前的前二年，我毅然决然，举室南下，含着隐痛离开这第二故乡。我并不是怕会沦陷在敌人的铁蹄下，是敌人给予我的刺激，无法教我忍受了。

我的家在西南城角，而工作地点却在东北城角，两下来往，使馆区内的东长安街是必经之地。而在这一条街上走，就必有一个遇见敌兵的机会。马路与使馆区外的操场，只一短栏之隔。当我转过东单牌楼的时候，一眼便看到那穿黄制服、大马靴、红帽边的敌兵，约莫三五十名，架了机关枪，伏在操场地面上，向西城瞄准。他那种旁若无人的样子，已是看不惯。后来便不客气，马路这边的槐树林子里，有着他们的哨兵，猛不提防，他呜嘟嘟在树林子里吹起来，在操场里的那群野兽提了步枪，做冲锋的样子，横闯过马路来。人力车夫与挑担的小贩，每次必让他们撞翻一大片。站在路边的岗警熟视无睹，被撞的人只有自认晦气，爬起来赶快跑走。

这一阶段，让我常常闪开东长安街，绕路他行。半年之后，情形更逼近一步了，报上常登着，某日某时，日军在东长安街、霞公府、东单练习巷战，临时断绝交通。是个稍有廉耻的中国人看到这新闻，怎不炸了肺？当然，也没有谁去碰他这场巷战，但是在巷战二三小时后，东安市场的王府井大街尚觉杀气未除，徒手寇兵，每队六七十人，四人一排，在马路中心开着便步，去逛东安市场，我曾两次遇见，都由车夫很机警地老远避入小胡同里去。又半年之后，这练习巷战的范围，越发推广，东长安街树林里，随时可由寇兵埋伏做射击状，几乎那里不算是中国领土了。因此，我把经过的道路，由南道改北道，经皇城根过后门什刹海，西四太平仓。这是一条隐蔽的路，照说可以不逢寇迹了。不想就在什刹海岸之上，常常发现骑着阿拉伯大马的寇宪兵，两三骑一排，揽辔四顾，缓缓而行。马蹄铁打着那路面，啪啪有声。他们尽管在马路中心，行若无事地走，一切车马行人，都远远离开了他们。

虽然，这一些悲痛，今日颇为少差，有时还稍感安慰。这话怎说？在七七抗战以后，那在东长安街练习巷战的兽兵，首先便消耗在我们的枪口上。听说台儿庄一役，被歼最多的那批寇军，便是在平津驻防过的，他们目无中国，教他们便死在中国人手上。假使那些东长安街练习巷战的寇兵，还有不曾做炮灰的，他现在认得中国人了吧，认识那些在东长安街避开他们练习巷战的中国人，并非怕事吧？我虽然艰苦备尝，我还健在，想到当年在眼前耀武扬威的寇兵，有多少还能像我这样做回忆的？我便心中怡然自得。换句话说，也就是抗战这一页历史的伟大。

（1941 年 7 月 8 日《新民报·最后关头》）

打獾子

据父老传说，纨绔的八旗子弟也爱充好汉，出城打猎。他们肩上架着鹰，手里牵着狗，胁下夹着枪，短衣长袖，系着辫子，穿着快靴，甚至骑了骏马，带上一二十名壮汉，真像那么回事。可是他们并不打虎豹，也不猎熊狼，遥望西山，就在山脚下，高粱豆子地里，放上一阵鹰犬，原来是一雉兔者往焉。自然打野雉兔子，充口腹，算不了什么好汉。他们的彩头儿，便转到獾子身上。

西山脚下产生狗獾子，如哈巴狗儿大小，它们虽不免偷吃点家禽，倒是不咬人。因为它们能力小，一般的惧怕虎狼，只在山脚野地里掘洞藏着。八旗子弟一来，放出猎犬，不惜费三五天工夫，找到那么一只獾子，提起丈八长矛，一枪将它刺死。于是用钢叉叉着死獾子，呼啸回城。进城之后，自不回家，大街上小茶馆里一坐，将三五只鸡兔扔在地上，叉子上的獾子，竖立在茶馆门口。人和鹰犬围着桌子喝茶。街上来往行人看到喝一声彩："好劲头儿！"你瞧他们脸上那番得意，就像薛仁贵征东回来一般。其实獾子油不好吃，皮也不能用，只可作垫褥子，他们费那么大劲去打死它，就在人行路口里，得到那声："好劲头儿！"这种猎户，见了老虎，你猜怎么着？比咱们不打猎的跑得更快。

（1942 年 1 月 4 日《新民报》上下古今谈）

似水年华

燕居夏亦佳

到了阳历七月，在重庆真有流火之感。现在虽已踏进了八月，秋老虎虎视眈眈，说话就来，真有点谈热色变，咱们一回想到了北平，那就觉得当年久住在那儿，是人在福中不知福。不用说逛三海、上公园，那里简直没有夏天。就说你在府上吧，大四合院里，槐树碧油油的，在屋顶上撑着一把大凉伞儿，那就够清凉。不必高攀，就凭咱们拿笔杆儿的朋友，院子里也少不了石榴、盆景、金鱼缸。这日子石榴结着酒杯那么大，盆里荷叶伸出来两三尺高，撑着盆大的绿叶儿，四围配上大小七八盆草木花儿，什么颜色都有，统共不会要你花上两元钱，院子里白粉墙下，就很有个意思。你若是摆得久了，卖花儿的，逐日会到胡同里来吆唤，换上一批就得啦。小书房门口，垂上一幅竹帘儿，窗户上糊着五六枚一尺的冷布，既透风，屋子里可飞不进来一只苍蝇。花上这么两毛钱，买上两三把玉簪花、红白晚香玉，向书桌上花瓶子一插，足香个两三天。屋夹角里，放上一只绿漆的洋铁冰箱，连红漆木架在内，只花两三元钱。每月再花一元五角钱，每日有送天然冰的，搬着四五斤重一块的大冰块，带了北冰洋的寒气，送进这冰箱。若是爱吃水果的朋友，花一二毛钱，把虎拉车（苹果之一种，小的）、大花红、脆甜瓜之类，放在冰箱里镇一镇，什么时候吃，什么时候拿出来，又凉又脆又甜。再不然，买几大枚酸梅，五分钱白糖，煮上一大壶酸梅汤，向冰箱里一镇，到了两三点钟，槐树上知了儿叫得正酣，不用午睡啦，取出汤来，一个人一碗，全家喝他一个"透心儿凉"。

北平这儿，一夏也不过有七八天热上华氏九十度。其余的日子，屋子里平均总是华氏八十来度，早晚不用说，只有华氏七十来度。碰巧下上一阵黄昏雨，晚半晌睡觉，就非盖被不成。所以耍笔杆儿的朋友，在绿荫荫的纱窗下，鼻子里嗅着瓶花香，除了正午，大可穿件小汗衫儿，从容工作。若是喜欢夜生活的朋友，更好，电灯下晚香玉更香。写得倦了，恰好胡同深处唱曲儿的，奏着胡琴弦子鼓板，悠悠而去。掀帘出望，残月疏星，风露满天，你还会缺少"烟士披里纯"（inspiration，灵感）吗？

翠拂行人首

一条平整的胡同，大概长约半华里吧？站在当街向两头一瞧，中国槐和洋槐，由人家院墙里面伸出来，在洁白的阳光下，遮住了路口。这儿有一列白粉墙，高可六七尺，墙上是青瓦盖着脊梁，由那上面伸到空气里去的是两三棵枣儿树，绿叶子里成球地挂着半黄半红的冬瓜枣儿。树荫下一个翻着兽头瓦脊的一字门楼儿，下面有两扇朱漆的红板门，这么一形容，你必然说这是个布尔乔亚之家，不，这是北平城里"小小住家儿的"。

这样的房子，大概里面是两个院子，也许前面院子大，也许后面院子大，或者前面是四合院，后面是三合院，或者是倒过一个个儿来，统共算起来，总有十来间房。平常一个耍笔杆儿的，也总可以住上一个独院，人口多的话，两院都占了，房钱是多少呢？当我在那里住家的时候，约莫是每月二十元到三十元；碰巧还装有现成的电灯与自来水。现时在重庆找不到地方落脚的主儿，必会说我在说梦话。

　　就算是梦吧！咱们谈谈梦。北平任何一所房，都有点艺术性，不会由大门直通到最后一进。大门照例是开在一边，进门来拐一个弯，那里有四扇绿油油屏门隔了内外。进了这屏门，是外院。必须有石榴树、金鱼缸，以及夹竹桃、美人蕉等等盆景，都陈列在院里。有时在绿屏门角落，栽上一丛瘦竿儿竹子，夏天里竹笋已成了新竹，拂着嫩碧的竹叶，遥对着正屋朱红的窗格，糊着绿冷布的窗户，格外鲜艳。白粉墙在里面的一方，是不会单调的，墙上层照例画着一栏山水人物的壁画。记着，这并不是富贵人家。你勤快一点，干净一点，花极少的钱，就可以办到。

　　正屋必有一带走廊，也许是落地朱漆柱，也许是乌漆柱，透着一点画意。下两层台阶儿，廊外或者葡萄架，或者是紫藤架，或者是一棵大柳，或者是一棵古槐，总会映着全院绿荫荫。虽然日光正午，地下筛着碎银片的阳光，咱们依然可以在绿荫下，青砖面的人行路上散步。柳树枝或葡萄藤儿，由上面垂下来，拂在行步人的头上，真有"翠拂行人首"的词意。树枝上秋蝉在拉着断续的嘶啦之声，象征了天空是热的。深胡同里，遥遥的有小贩吆唤着："甜葡萄嘞，枣枣枣儿啦，没有虫儿的。"这声音停止了，当的一声，打糖锣的在门外响着。一切市声都越发地寂静了，这是北平深巷里的初秋之午。

面水看银河

早十年吧，每个阴历七月七，我都徜徉在北海公园，有时是一个人，有时有一个伴侣，但至多就是这个伴侣。不用猜，朋友们全知道这伴侣现在是谁。有人说，暮年人总会憧憬着过去的。我到暮年还早，我却不能不憧憬这七夕过去的一幕。当朋友们在机器房的小院坝上坐着纳凉之时，复兴关头的一钩残月正洒出昏黄的光，照着山城的灯光，高高低低于烟雾丛中，隐藏了无限的鸽子笼人家。我们抹着头上的汗，看那满天蕴藏了雨意的白云缝里，吐出一些疏落的星点。大家由希腊神话，说到中国双星故事，由双星故事，说到故乡。空气中的闷热，互相交流了，我念出了几句舒铁云《博望访星》的道白："一水迢遥，别来无恙？""三秋飘渺，未免有情。"朋友说，"恨老"最富诗意。我明白，这是说儿女情长。尤其是这个老字，相当幽默。然而，更引起我的回忆了。初秋的北海，是黄金时代。进了公园大门，踏上琼岛的大桥，看水里的荷叶，就像平地拥起了一片翠堆。暮色苍茫中，抬头看岛上的撑天古柏老槐，于金红色的云形外，拥着墨绿色的叶子。老鸦三三五五绕了山顶西藏式的白塔，由各处飞回了它的巢，站在伸出怒臂的老枝干上。山上几个黄琉璃瓦的楼阁暗示着这里几度不同的年代，诗意就盎然了。沿了北海的东岸，在高大的老槐树下，走过了两华里路长的平坦大路，游园的人是坐船渡湖的，这里很少几个行人。幽暗暗的林荫下两边假山下的秋虫接续老槐树上的断续蝉声，吱吱喳喳地在里面歌唱。人行路上没有一点浮尘，晚风吹下三五片初黄的槐叶，悄然落在地面。偶然在林荫深处，露出二三个人影，觉得吾道不孤。

大半个圈子走到了北岸。热闹了，沿海子的楼阁前面，全是茶座，人影满空。看前面一片湖水，被荷叶盖成了一碧万顷的绿田，绿田中间辟了一条水道，荡漾着来去的游艇。笑声、桨声、碗碟声、开汽水瓶声，组织成了另一种空气。趑走到极西角，于接近小西天的五龙亭第五亭桥上，我找到一个茶座。这里游人很少，座前就是荷叶，碰巧就有两朵荷花，开得好。最妙的还是有一丛水苇子直伸到脚下。喝过两盏苦茗，发现月亮像一柄银梳，落在对面水上。银河是有点淡淡的影子，繁星散在两岸，抬头捉摸着哪里是双星呢？坐下去，看下去，低声谈下去。夜凉如水，湖风吹得人不能忍受，伴侣加上一件毛线背心。赶快渡海吧，匆匆上了游船，月落了，银河亮了，星光照着荷花世界，人在宁静幽远微香的境界里，飘过了一华里的水面，一路都听到竹篙碰着荷叶声。

这境界我们享受过了，如何留给我们的子孙呢?

奇趣乃时有

"莲花灯，莲花灯，今儿个点了明儿个扔。"在阴历七月十五的这一天，在北平大小胡同里，随处可以听到儿童们这样唱着。这里，我们就可以谈谈莲花灯。

莲花灯，并不是一盏莲花式样的灯，但也脱离不了莲花。它是将彩纸剪成莲花瓣儿，再用这莲花瓣儿，糊成各种灯，大概是兔子、鱼、仙鹤、螃蟹之类。这个风俗，不知所由来，我相信这是最初和尚开盂兰会闹的花样，后来流传到了民间。在七月初，庙会和市场里就有这种纸灯挂出来卖，小孩买了先放着。到了七月十五，天一黑，就点上蜡烛亮着。撑起来向胡同里跑，小朋友们不期而会，总是一大群唱着。人类总是不平等的，这成群的小朋友里，买不起莲花灯的，还有的是。他们有个聊以解嘲的办法，找一片鲜荷叶，上面胡乱插上两根佛香，也追随在玩灯的小朋友之后。这一晚，足可以"起哄"两三小时。但到七月十六，小孩子就不再玩了。家长并没有叮嘱过他们，他们的灯友，也没有什么君子协定，可是到了次日，都要扔掉。北平社会的趣味，就在这里，什么日子，有个什么应景的玩意儿，过时不候。若莲花灯能玩个十天半个月，那就平凡了。

为了北平人的"老三点儿"，吃一点儿，喝一点儿，乐一点儿，就无往不造成趣味，趣味里面就带有一种艺术性，北平之使人留恋就在这里。于是我回忆到南都，虽说是卖菜佣都带有六朝烟水气，其实现在已寻不着了。纵然有一点，海上来的欧化气味，也把这风韵吞噬了，而况这六朝烟水气还完全是病态的。就说七月十五烧包袱祭祖，这已不甚有趣味，而城北新住宅区，就很少见。秦淮河里放河灯，未建都以前，照例有一次，而以后也已废除，倒是东西门的老南京，依然还借了祭祖这个机会，晚餐可以饱啖一顿。二十五年（1936）的中元节，有人约我向南城去吃祭祖饭，走到夫子庙，兴尽了，我没去。这晚月亮很好，被两三个朋友拖住，驾一叶之扁舟，溯河东上（秦淮西流），直把闹市走尽，在一老河柳的荫下，把船停着，雪白的月亮，照着南岸十竹疏林，间杂些瓜棚菜圃，离开了歌舞场，离开了酒肆茶楼，离开了电化世界，倒觉耳目一新。从前是"蒋山青，秦淮碧"，于今是秦淮黑，但到这里水纵然不碧，却也不黑，更不会臭。水波不兴的上流头，漂来很零落的几盏红绿荷叶灯，似乎前面有人家作佛事将完。但眼看四处无人，虫声唧唧，芦丛柳荫之间，仿佛有点鬼趣，引出我心里一种说不出的滋味。

第二年的中元节，我避居上新河，乡下人烧纸，大家全怕来了警报，不免各捏一把汗。又想起前一年孤舟之游秦淮，是人间天上了。于今呢？却又让我回忆着上新河！

归路横星斗

"悄立市桥人不识，一星如月看多时。"黄仲则在北京度他
那可怜的除夕，他用着这个姿态出现。在那寒风凛冽的桥上看星
星过年，这不是个乐子。可是在初秋的夜里，我依然感到在北平
看星星，还是件很有诗意的事。任何一个初秋，在前门外大街，
听过了两三个小时的京戏，满街灯火，朋友约着，就在大栅栏附
近，吃个小馆儿。馅饼周的馅饼，全聚德的烤鸭，山西馆的猫耳
朵（面食之一），正阳楼的螃蟹，厚德福的核桃腰、瓦片鱼，恩
成居的炒牛肉丝、炒鳝鱼丝，都会打动你的食欲。两三个人，花
两三元钱，上西升平洗个单独房间的澡。我就爱顺便走向琉璃厂，
买两本书或者采办点儿文具。

琉璃厂依然保持了纯东方色彩的建筑，不怎么高大的店房，
夹着一条平整的路。街灯稀稀落落，照着街上有点儿光。可是
抬起头来，满天的星斗，盖住了市面，电灯并不碍星光的夜景，
两面的南纸店、书店、墨盒店、古董店一律上了玻璃门，里面

透出灯光来，表示他们还在做夜市。街上从容地走着人，没有前门那些嘈杂的声浪，静悄悄的，平稳稳的，一阵不大的西风刮过，由店铺人家院子里吹来几片半焦枯的槐叶。这夜市不可爱吗？有个朋友说，在北平，单这琉璃厂就是个搜刮不尽的艺术宝库，此话诚然。而妙在这艺术的宝库就是这样肃穆的。这里尽管做买卖，尽管做极大价钱的买卖，而你找不出市侩斗争的面目，所以我爱上琉璃厂买东西。掀开南纸店玻璃门外的蓝布帘儿，在店伙说"您来了，今天要点儿什么"的欢迎笑语中，买点儿纸笔出门，夜色就深了。"酱牛肉！"一种苍老的声音吆唤传来。这是琉璃厂夜市唯一的老小贩的声音。他几十岁了，原是一位绿林老英雄，洗手不干三四十年，专卖酱牛肉，全琉璃厂的人都认得他。每次夜过琉璃厂，我总听见这吆唤声，给我的印象最深。在他的吆唤声中，更夫们过来了，剥剥，嘭嘭，剥剥，嘭嘭！梆锣响着二更。一只灯笼，两个人影，由街檐下溜进小胡同去，由此向西，到了和平门大街了，路更宽，路灯也更稀落，而满天的星斗，却更明亮。路旁两三棵老柳树，树叶筛着西风，瑟瑟有声。"酱牛肉！"那苍老的声音，还自遥遥而来。我不坐车，我常是在星光下转着土面的冷静胡同走回

家去。星光下两棵高入云霄的老槐，黑巍巍的影子，它告诉我

那是家。我念此老人，我念此槐树，我念那满天星斗！

风飘果市香

"已凉天气未寒时"，这句话用在江南于今都嫌过早，只有北平的中秋天气，乃是恰合。我于北平中秋的赏识，有些出人意外，乃是根据"老妈妈大会""奶奶经"而来，喜欢夜逛"果子市"。逛果子市的兴趣，第一就是"已凉天气未寒时"。第二是找诗意。第三是"起关"。第四是"踏月"。直到第五，才是买水果。你愿意让我报告一下吗？

果子市并不专指哪个地方，东单（东单牌楼之简称，下仿此）、西单、东四、西四。东四的隆福寺、西四的白塔寺、北城的新街口、南城的菜市口，临时会有果子市出现。早在阴历十三的那天晚半晌儿，果子摊儿就在这些地方出现了。吃过晚饭，孩子们就嚷着要逛果子市。这事交给他们姥姥或妈妈吧。我们还有三个斗方名士（其实很少写斗方），或穿哔叽西服，或穿薄呢长袍，在微微的西风敲打院子里的树叶声中，走出了大门。胡同里的人家白粉墙上涂上了月光，先觉得身心上有一番轻松意味，顺步遛到最近一个果子市，远远地就嗅到一片清芬（仿佛用清香两字都不妥似的）。到了附近，小贩将长短竹竿儿，挑出两三个不带罩子的电灯泡儿，高高低低，好像在街店屋檐外，挂了许多水晶球，一片雪亮。在这电光下面，青中透白的鸭儿梨，堆山似的，放在摊案上。红杂杂枣儿，紫的玫瑰葡萄，淡青的牛乳葡萄，用箩筐盛满了，沿街放着。苹果是比较珍贵一点儿的水果，像擦了胭脂的胖娃娃脸蛋子，堆成各种样式，放在蓝布面的桌案上。石榴熟得笑破了口，露出带醉的水晶牙齿，也成堆放在那里。其余是虎拉车、大花红、山里红、海棠果儿，左一簸箕，右一筐子。一堆接着一堆。摆了半里多路。老太太、少奶奶、小姐、孩子们，成群地绕了这些水果摊子，人有点儿挤，但并不嘈杂，因为根本这是轻松的市场。大半边月亮在头上照着，不大的风吹动了女人的鬓发。大家在这环境里斯斯文文地挑水果，小贩子冲着人直乐，很客气地说："这梨又脆又甜，你不称上点儿？"我疑心在君子国。

哪里来的这一阵浓香，我想。呵！上风顺，有个花摊子，电灯下一根横索，成串地挂了紫碧葡萄还带了绿叶儿，下面一只水桶，放了成捆的晚香玉和玉簪花，也有些五色马蹄莲。另一只桶，漂上两片嫩荷叶，放着成捆的嫩香莲和红白莲花，最可爱的是一条条的藕，又白又肥，色调配得那样好看。

十点钟了，提了几个大鲜荷叶包儿回去。胡同里月已当顶，土地上像铺了水银。人家院墙里伸出来的树头，留下一丛丛的轻影，面上有点凉飕飕，但身上并不冷。胡同里很少行人，自己听到自己的脚步响，吁吁呜呜，不知是哪里送来几句洞箫声。我心里有一首诗，但我捉不住她，她仿佛在半空中。

乱苇隐寒塘

在三十年前的京华游记上，十有七八，必会提到陶然亭。没到过北平的人，总以为这里是一所了不起的名胜。就以我而论，在做小孩子的时候，就在小说上看到了陶然亭，把它当了西湖一般的心向往之。及至我到了故都，不满一星期，我就去拜访陶然亭，才大为失望。这倒也不是说那里毫无可取，只是盛名之下，其实难副罢了。

然则陶然亭何以享有这么大的盛名？这有点原故：第一，在帝制时代，北京的一切伟大建筑，宫殿园林，全未开放，供给墨客骚人欣赏的地方，可以说等于没有，只有二闸、什刹海、菱角坑、陶然亭，两三处有天然风景的地方，聊可一顾，而陶然亭是更好一点。第二，名胜的流传，始终赖于我们这支笔的夸大，这是我们值得自傲的。北京的南镇，是当年上京求名的举子麋集之处，他们很容易走向那里，所以天南地北的举子，把这个名字带到八方。第三，我看过一百多年前的一张《江亭览胜图》，上面所写的陶然亭，水土萧疏，实在也不坏。古人赏鉴着，后人跟着起哄，陶然亭虽非故我，那盛名是不朽的。

那么，现在的陶然亭怎么样呢？这里，我应当有个较简明的介绍。它在内城宣武门外，外城永定门内，南下洼子以南。那里没有人家，只是旷野上，一片苇塘子，有几堆野坟而已。长芦苇的低地，不问有水无水，北人叫苇塘子。春天是草，夏天像高粱地，秋天来了，芦苇变成了赭黄色。芦苇叶子上，伸出秆子，上面有成球的花。花被风一吹，像鸭绒，也像雪花，满空乱飞。苇丛中间，有一条人行土路，车马通行，我们若是秋天去，就可以在这悄无人声漫天晴雪的环境里前往。

陶然亭不是一个亭子，是一座庙宇，立在高土坡上。石板砌着土坡上去。门口有块匾，写了"陶然亭"三个字。是什么庙？至今我还莫名其妙，为什么又叫江亭呢？据说这是一个姓江的人盖的，故云，并非江边之亭也。三十年前，庙里还有些干净的轩树，可以歇足。和尚泡一壶茶末，坐在高坡栏杆边，看万株黄芦之中，三三两两，伸了几棵老柳。缺口处，有那浅水野塘，露着几块白影。在红尘十丈之外，却也不无一点意思。北望是人家十万，雾气腾腾，其上略有略无，抹一带西山青影。南望却是一道高高的城墙，远远两个箭楼，立在白云下，如是而已。

　　我在北平将近二十年，在南城几乎勾留一半的时间，每当人事烦扰的时候，常是一个人跑去陶然亭，在芦苇丛中，找一个野水浅塘，徘徊一小时，若遇到一棵半落黄叶的柳树，那更好，可以手攀枯条，看水里的青天。这里没有人，没有一切市声，虽无长处，洗涤繁华场中的烦恼，却是可能的。

听鸦叹夕阳

北平的故宫、三海和几个公园，以伟大壮丽的建筑，配合了环境，都是全世界上让人陶醉的地方。不用多说，就是故宫前后那些老鸦，也充分带着诗情画意。

在秋深的日子，经过金鳌玉蛛桥，看看中南海和北海的宫殿，半隐半显在苍绿的古树中。那北海的琼岛，簇拥了古槐和古柏，其中的黄色琉璃瓦，被偏西的太阳斜照着，闪出一道金光。印度式的白塔，伸入半空，四周围了枒丫的老树干，像怒龙伸爪。这就有千百成群的乌鸦，掠过故宫，掠过湖水，掠过树林，纷纷飞到这琼岛的老树上来，远看是黑霭腾腾，近听是呱呱乱叫，不由你不对这些东西发生了怀古之幽情。

照中国辞章家的说法，这乌鸦叫作宫鸦的。很奇怪，当风清日丽的时候，它们不知何往，必须到太阳下山，它们才会到这里来吵闹。若是阴云密布，寒风瑟瑟，便终日在故宫各个高大的老树林里，飞着又叫着。是不是它们最喜欢这阴暗的天气？我们不得而知。也许它们讨厌这阴暗天气，而不断地向人们控诉。我总觉得，在这样的天气下，看到哀鸦乱飞，颇有些古今治乱盛衰之感。真不知道当年出离此深宫的帝后，对于这阴暗黄昏的鸦群作何感想？也许全然无动于衷。

北平深秋的太阳，不免带几分病态。若是夕阳西下，它那金紫色的光线，穿过寂无人声的宫殿，照着红墙绿瓦也好，照着这绿的老树林也好，照着飘零几片残荷的淡淡湖水也好，它的体态是萧疏的，宫鸦在这里，背着带病色的太阳，三三五五，飞来飞去，便是一个不懂诗不懂画的人，对了这景象，也会觉得是衰败的象征。

一个生命力强的人，自不爱欣赏这病态美。不过在故宫前，看到夕阳，听到鸦声，却会发生一种反省，这反省的印象给予人是有益的。所以当每次经过故宫前后，我都会有种荆棘铜驼的感慨。

风檐尝烤肉

有人吃过北平的松柴烤肉吗？现在街头上橙黄橘绿，菊花摊子四处摆着，尝过这异味的人，就会对北平悠然神往。

据传说，松柴烤牛肉，那才是真正的北方大陆风味，吃这种东西，不但是尝那个味，还要领略那个意境。你是个士大夫阶级，当然你无法去领略。就是我在北平作客的二十年，也是最后几年，变了方法去尝的，真正吃烤肉的功架，我也是"仆病未能"。那么，是怎么个情景呢？说出来你会好笑的。

任何一条马路上，有极宽的人行路，这路总在一丈开外，在不妨碍行人的屋檐下，有些地方，是可以摆着浮摊的。这卖烤牛肉的炉灶，就是放置在这种地方。无论这炉灶属于大馆子、小馆子或者饭摊儿，布置全是一样。一个高可三尺的圆炉灶，上面罩着一个铁棍罩子，北方人叫甑（读如赠），将二三尺长的松树柴，塞到甑底下去烧。卖肉的人，将牛羊肉切成像牛皮纸那么薄，巴掌大一块（这就是艺术），用碟儿盛着，放在柜台或摊板上，当太阳黄黄的，斜临在街头，西北风在人头上瑟瑟吹过。松火柴在炉灶上吐着红焰，带了围绕的青烟，横过马路。在下风头远远地嗅到一种烤肉香，于是有这嗜好的人，就情不自禁地会走了过去，叫一声："掌柜的，来两碟！"这里炉子四周，围了四条矮板凳，可不是坐着的，你要坐着，是上洋车坐车踏板，算得上等车了。你走过去，可以将长袍儿大襟一撩，把右脚踏在凳子上。店伙自会把肉送来，放在炉子木架上。另外是一碟葱白，一碗料酒酱油的掺和物。木架上有竹竿做的长棍子，长约一尺五六。你夹起碟子里的肉，向酱油料酒里面一和弄，立刻送到铁甑的火焰上去烤烙。但别忘了放葱白，去掺和着，于是肉气味、葱气味、酱油酒气味、松烟气味，融合一处，铁烙罩上吱吱作响，筷子越翻弄越香。

你要是吃烧饼，店伙会给你送一碟火烧来。你要是喝酒，店伙给你送一只杯子，一个三寸高的小锡瓶儿来，那时你左脚站在地上，右脚踏在凳上，右手拿了长筷子在甑上烤肉，左手两指夹了锡瓶嘴儿，向木架子上的杯子里斟白干，一筷子熟肉送到口，接着举杯抿上一口酒，那神气就大了。"虽南面王无以易也！"

趣味还不止此，一个甑，同时可以围了六七个人吃。大家全是过路人，谁也不认识谁。可是各人在甑上占一块小地盘烤肉，有个默契的君子协定，互不侵犯。各烤各的，各吃各的。偶然交上一句话："味儿不坏！"于是做个会心的微笑。吃饱了，人喝足了，在店堂里去喝碗小米稀饭，就着盐水疙瘩，或者要个天津萝卜啃，浓腻了之后再来个清淡，其味无穷。另有个笑话，不巧，烤肉时，站在下风头，炉子里松烟，可向脸上直扑，你得时时闪开，去揉擦眼泪水儿。可是一面揉眼睛，一面长筷子夹烤肉，也有的是，那就是趣味嘛！

这样说来，士大夫阶级，当然尝不到这滋味。不，顺直门里烤肉宛家的灰棚里，东安市场东来顺三层楼上，前门外正阳楼院子里，也可以烤肉吃。尤其是烤肉宛家，每到夕阳西下，喝小米稀饭的雅座里，可以搬出二三十件狐皮大衣，自然，那灰棚门口，停着许多漂亮汽车。唉！于今想来，是一场梦。

黄花梦旧庐

晚上做了一个梦，梦见七八个朋友，围了一个圆桌面，吃菊花锅子。正吃得起劲，不知为一种什么声音所惊醒。睁开眼来，桌上青油灯的光焰，像一颗黄豆，屋子里只有些模糊的影子。窗外的茅草屋檐，正被西北风吹得沙沙有声。竹片夹壁下，泥土也有点寒窣作响，似乎耗子在活动。这个山谷里，什么更大一点的声音都没有，宇宙像死过去了。几秒钟的工夫，我在两个世界。我在枕上回忆梦境，越想越有味。我很想再把那顿没有吃完的菊花锅子给它吃完。然而不能，清醒白醒的，睁了两眼，望着木窗子上格纸柜上变了鱼肚色。为什么这样可玩味，我得先介绍菊花锅子。这也就是南方所说的什锦火锅。不过在北平，却在许多食料之外，装两大盘菊花瓣子送到桌上来。这菊花一定要是白的，一定要是蟹爪瓣。在红火炉边，端上这么两碟东西，那情调是很好的。要说味，菊花是不会有什么味的，吃的人就是取它这点情调。自然，多少也有点香气。

那么不过如此了，我又何以对梦境那样留恋呢？这就由菊花锅子想菊花，由菊花想到我的北平旧庐。我在北平，东西南北城都住过，而我择居，却有两个必需的条件：第一，必须是有树木的大院子，还附着几个小院子；第二，必须有自来水。后者，为了是我爱喝好茶；前者，就为了我喜欢栽花。我虽一年四季都玩花，而秋季里玩菊花，却是我一年趣味的中心。除了自己培秧，自己接种。而到了菊花季，我还大批地收进现货。这也不单是我，大概在北平有一碗粗茶淡饭吃的人，都不免在菊花季买两盆"足朵儿的"小盆，在屋子里陈设着。便是小住家儿的老妈妈，在门口和街坊聊天，看到胡同里的卖花儿的担子来了，也花这么十来枚大铜子儿，买两丛贱品，回去用瓦盆子栽在屋檐下。

北平有一群人，专门养菊花，像集邮票似的，有国际性，除了国内南北养菊花互通声气而外，还可以和日本养菊家互调种子，以菊花照片作样品函商。我虽未达到这一境界，已相去不远，所以我在北平，也不难得些名种。所以每到菊花季，我一定把书房几间房子，高低上下，用各种盆子，陈列百十盆上品。有的一朵，有的二朵，至多是三朵，我必须调整得它可以"上画"。在菊花旁边，我用其他的秋花、小金鱼缸、南瓜、石头、蒲草、水果盘、假骨董（我玩不起真的），甚至一个大芜菁，去作陪衬，随了它的姿态和颜色，使它形式调和。到了晚上，亮着足光电灯，把那花影照在壁上，我可以得着许多幅好画。屋外走廊上，那不用提，至少有两座菊花台(北平寒冷，菊花盛开时，院子里已不能摆了)。

我常常招待朋友，在菊花丛中，喝一壶清茶谈天。有时，也来二两白干，闹个菊花锅子，这吃的花瓣，就是我自己培养的。若逢到下过一场浓霜，隔着玻璃窗，看那院子里满地铺了槐叶，太阳将枯树影子，映在窗纱上，心中干净而轻松，一杯在手，群芳四绕，这情调是太好了，你别以为我奢侈，一笔所耗于菊者，不超过二百元也。写到这里，望着山窗下水盂里一朵断茎"杨妃带醉"，我有点黯然。

影树月成图

北平是以人为的建筑，与悠久时间的习尚，成了一个令人留恋的都市。所以居北平越久的人，越不忍离开。更进一步言之，你所住久的那一所住宅、一条胡同，你非有更好的；或出于万不得已，你也不会离开。那为什么？就为着家里的一草一木，胡同里一家油盐杂货店，或一个按时走过门口的叫卖小贩，都和你的生活打成了一片。

我在北平住的三处房子，第一期，未英胡同三十六号，以旷达胜。前后五个大院子，最大的后院可以踢足球。中院是我的书房，三间小小的北屋子，像一只大船，面临着一个长五丈、宽三丈的院落，院里并无其他庭树，只有一棵二百岁高龄的老槐，绿树成荫时，把我的邻居都罩在下面。第二期是大栅栏十二号，以曲折胜。前后左右，大小七个院子，进大门第一院，有两棵五六十岁的老槐，向南是跨院，住着我上大学的弟弟，向北进一座绿屏门，是正院，是我的家，不去说它。向东穿过一个短廊，走进一个小门，路斜着向北，有个不等边三角形的院子，有两棵老龄枣树，一棵樱桃，一棵紫丁香，就是我的客室。客室东角，是我的书房，书房像游览车厢，东边是我手辟的花圃，长方形有紫藤架，有丁香，有山桃。向西也是个长院，有葡萄架，有两棵小柳，有一丛毛竹，毛竹却是靠了客室的后墙，算由东折而转西了，对了竹子是一排雕格窗户，两间屋子，一间是我的书库，一间是我的卧室与工作室。再向东，穿进一道月亮门，却又回到了我的家。卧室后面，还有个大院子，一棵大的红刺果树，与半亩青苔。我依此路线引朋友到我工作室来，我们常会迷了方向。第三期是大方家胡同十二号，以壮丽取胜，系原国子监某状元公府第的一部分，说不尽的雕梁画栋，自来水龙头就有三个。单是正院四方走廊，就可以盖重庆房子十间，我一个人曾拥有书房客室五间之多。可惜树木荒芜了，未及我手自栽种添补，华北已无法住下去。你猜这租金是多少钱？未英胡同是月租三十元，大栅栏是四十元，大方家胡同也是四十元，这自不能与今日重庆房子比。就是与同时的上海房子比，也只好租法界有卫生设备的一个楼面；与同时的南京房子比，也只好租城北两楼两底的弄堂式洋楼一小幢。住家，我实在爱北平。让我回忆第一期吧。这日子，老槐已落尽了叶子，权丫的树干布满了长枯枝，石榴花、金鱼缸以及大小盆景，都避寒入了房子，四周的白粉短墙和地面刚铺的新砖地，一片白色，北方的雪，下了第一场雪，二更以后，大半边月亮，像眼镜一样高悬碧空。风是没有起了，雪地也没有讨厌的灰尘，整个院落是清寒、空洞、干净、洁白。最好还是那大树的影子，淡淡的、轻轻的，在雪地上构成了各种图案画。屋子里，煤炉子里正生着火，满室生春，案上的菊花和秋海棠依然欣欣向荣。胡同里卖硬面饽饽的，卖"半空儿多给"的，刚刚呼唤过去，万籁无声。于是我熄了电灯，隔着大玻璃窗，观赏着院子里的雪和月，真够人玩味。住家，我实在爱北平！

春生屋角炉

一日过上清寺，看到某大厦三层楼，铁炉子烟囱，四处钻出，几个北方同伴，不约而同地喊了一声，久违久违。煤炉这东西在北方实在是没啥稀奇，过了农历十月初一，所有北平的住户，屋里都须装上煤炉。第一等的，自然是屋子里安上热气管，尽管干净，但也有人嫌那不够味。第二等就是铁皮煤炉，将烟囱支出窗户或墙角去。第三等是所谓"白炉子"，乃是黄泥糊的，外层涂着白粉，一个铁架子支着，里面烧煤球。烧煤球有许多技巧，这里不能细说。但唯一的条件，必须把煤球烧得红透了，才可以端进屋子，否则会把屋子里人熏死。每冬，巡警阁子里，都有解煤毒的药，预备市民随时取用，也可见中毒人之多。其实煤球烧红了，百分之百的保险，无奈那些懒而又怕冷的人，好在屋子里添煤，添完了就去睡暖炕，不中毒何待？

铁炉子是比较卫生而干净。战前，有白钢或景泰蓝装饰的，大号也不过十一二元。普通的三四号炉子，只要三四元。白铁片烟囱，二毛几一节，黑铁的一毛几一节，一间屋子有二三十节足矣。所以安一个炉子计，材料共需十元上下。小炉子每冬烧门头沟煤约一吨半，若日夜不停地烧，也只是两吨，每吨价约十元上下。所以一间屋子的设备，加上引火柴块，也只是二十元。若烧山西红煤，约加百分之五十的用费，那就很考究了。你说，于今在重庆惊为至宝，咱们往年在北平住着的人听说，不会笑掉牙吗？

煤炉不光是取暖，在冬天，真有个趣味。书房屋角里安上一个炉子，讲究一点，可以花六七元钱，用四块白铁皮将它围上，免得烤烟了墙壁。尽管玻璃窗外，西北风作老虎叫，雪花像棉絮团向下掉，而炉子烧上大半炉煤块，下面炉口呼呼地冒着红光，屋子内会像暮春天气，人只能穿一件薄丝绵袍或厚夹袍。若是你爱穿西装，那更好，法兰绒的或哗叽的，都可以支持。书房照例是大小有些盆景，秋海棠、梅花、金菊、碧桃、晚菊，甚至夏天的各种草本花，颠倒四季，在案头或茶几上开着。两毛钱一个的玻璃金鱼缸，红的鱼、绿的草，放在案头，一般的供你一些活泼生机。

我是个有茶癖的人，炉头上，我向例放一只白搪瓷水壶，水是常沸，丁零零地响着，壶嘴里冒气。这样，屋子里的空气不会干燥，有水蒸气调和它。每当写稿到深夜，电灯灿白地照着花影，这个水壶的响声，很能助我们一点文思。古人所谓"瓶笙"，就是这玩意儿了。假如你是个饮中君子，炉子上热它四两酒，烤着几样卤菜。坐在炉子边，边吃边喝，再剥几个大花生，你真会觉着炉子的可爱。假如你有个如花似玉的妻子伴着，两个人搬了椅子斜对炉子坐着，闲话一点天南地北，将南方去的闽橘或山橘，在炉上烤上两三个，香气四溢。你看女人穿着夹衣，脸是那样红红的。钟已十二点以后，除了雪花瑟瑟，此外万籁无声，年轻弟弟们，你还用我向下写吗？

我还是说我。过了半辈子夜生活，觉得没有北平的冬夜更给我以便利了。书房关闭在大雪的院子里，没有人搅扰我，也没有声音搅扰我。越写下去电灯越亮，炉子里火也越热，盆景里的花和果盘里的佛手在极静止的环境里供给我许多清香。饿了烤它两三片面包，或者两三个咖喱饺子，甚至火烧夹着猪头肉，那种热的香味也很能刺人食欲，斟一杯热茶，就着吃，饱啖之后，还可伏案写一二小时呢。

铁炉子呀！什么时候，你再回到我的书房一角落？

年味忆燕都

旧历年快到了，让人想起燕都的过年风味，悠然神往。我上次曾说过，北平令人留恋之处，就在那壮丽的建筑和那历史悠久的安逸习惯。西人一年的趣味中心在圣诞，中国人的一年趣味中心，却在过年。而北平人士之过年，尤其有味。有钱的主儿，自然有各种办法，而穷人买他一二斤羊肉，包上一顿白菜馅饺子，全家闹他一个饱，也可以把忧愁丢开，至少快活二十四小时。人生这样子过去是对的，我就乐意永远在北平过年的。

我先提一件事，以见北平人过年趣味之浓。远在阴历七八月，小住家儿的就开始"打蜜供"了。蜜供是一种油炸白面条，外涂蜜糖的食物。这糖面条儿堆架起来，像一座宝塔，塔顶上插上一面小红纸旗儿。塔有大有小，大的高二三尺，小的高六七寸，重由二三斤到几两。到了大年三十夜，看人家的经济情形怎样。在祖先佛爷供桌上，或供五尊，或供三尊，在蜜供上加一个打字云者，乃打会转出来的名词。就是有专门做这生意的小贩，在七八月间起，向小住家儿的，按月份收定钱，到年终拿满价额交货。这么一点小事交秋就注意，可见他们年味之浓了。因此，一跨进十二月的门，廊房头条的绢灯铺，花市扎年花儿的，开始悬出他们的货。天津杨柳青出品的年画儿，也就有人整大批地运到北平来。假如大街上哪里有一堵空墙，或者有一段空走廊，卖年画儿的，就在哪里开着画展。东西南城的各处庙会，每到会期也更形热闹。由城市里人需要的东西，到市郊乡下需要的东西，全换了个样，全换着与过年有关的。由腊八吃腊八粥起，小市民的趣味，就完全寄托在过年上。日子越近年，街上的年景也越浓厚。十五以后，全市纸张店里，悬出了红纸桃符，写春联的落拓文人，也在避风的街檐下，摆出了写字摊子。送灶的关东糖瓜大筐子陈列出来，跟着干果子铺、糕饼铺，在玻璃门里大篮、小篓陈列上中下三等的杂拌儿。打糖锣的，来得更起劲。他的担子上，换了适合小孩子抢着过年的口味，冲天子儿、炮打灯、麻雷子、空竹、花刀花枪，挑着四处串胡同。小孩一听锣声，便包围了那担子。所以无论在新来或久住的人，只要在街上一转，就会觉到年又快过完了。

北平是容纳着任何一省籍贯人民的都市。真正的宛平、大兴两县人，那百分比是微小得可怜的。但这些市民，在北平只要住上三年，就会传染了许多迎时过节的嗜好，而且越久传染越深。我在北平约莫过了十六七个年，因之尽管忧患余生，冲淡不了我对北平年味的回忆。自然，现在的北平小市民，已不能有百分之几的年味存在，而这也就越让我回忆着了。

冰雪北海

北平的雪，是冬季一种壮观景象。没有到过北方的南方人，不会想象到它的伟大。大概有两个月到三个月，整个北平城市，都笼罩在一片白光下。登高一望，觉得这是个银装玉琢的城市。自然，北方的雪，在北方任何一个城市，都是堆积不化的，没有什么可看的。只有北平这个地方，有高大的宫殿，有整齐的街巷，有伟大的城圈，有三海几片湖水，有公园、太庙、天坛几片柏林，有红色的宫墙，有五彩的牌坊，在积雪满眼，白日行天之时，对这些建筑，更觉得壮丽光辉。

要赏鉴动人的景致，莫如北海。湖面让厚冰冻结着，变成了一面数百亩的大圆镜。北岸的楼阁树林，全是玉洗的。尤其是五龙亭，五座带桥的亭子，和小西天那一幢八角宫殿，更映现得玲珑剔透。若由北岸看南岸，更有趣。琼岛高拥，真是一座琼岛。山上的老柏树，被雪反映成了黑色。黑树林子里那些亭阁上面是白的，下面是阴暗的，活像是水墨画。北海塔涂上了银漆，有一丛丛的黑点绕着飞，是乌鸦在闹雪。岛下那半圆形的长栏，夹着那一个红漆栏杆、雕梁画栋的漪澜堂。又是素绢上画了一个古装美人，颜色是格外鲜明。

五龙亭中间一座亭子，四面装上玻璃窗户，雪光冰光反射进来，那种柔和悦目的光线，也是别处寻找不到的景观。亭子正中，茶社生好了熊熊红火的铁炉，这里并没有一点寒气。游客脱下了臃肿的大衣，摘下罩额的暖帽，身子先轻松了。靠玻璃窗下，要一碟羊膏，来二两白干，再吃几个这里的名产——肉末夹烧饼。周身都暖和了，高兴渡海一游，也不必长途跋涉东岸那片老槐雪林，可以坐冰床。冰床是个无轮的平头车子，滑木代了车轮，撑冰床的人，拿了一根短竹竿，站在床后稍一撑，冰床嗤溜一声，向前飞奔了去。人坐在冰床上，风呼呼地由耳鬓吹过去。这玩意儿比汽车还快，却又没有一点汽车的响声。这里也有更高兴的游人，却是踏着冰湖走了过去。我们若在稍远的地方，看看那滑冰的人，像在一张很大的白纸上，飞动了许多黑点，那活是电影上一个远镜头。

走过这整个北海，在琼岛前面，又有一弯湖冰。北国的青年，男女成群结队的，在冰面上溜冰。男子是单薄的西装，女子穿了细条儿的旗袍，各人肩上，搭了一条围脖，风飘飘地吹了多长，他们在冰上歪斜驰骋，做出各种姿势，忘了是在冰点以下的温度过活了。在北海公园门口，你可以看到穿戴整齐的摩登男女，各人肩上像搭梢马裤子似的，挂了一双有冰刀的皮鞋，这是上海、香港摩登世界所没有的。

市声拾趣

我也走过不少的南北码头，所听到的小贩吆唤声，没有任何一地能赛过北平的。北平小贩的吆唤声，复杂而谐和，无论其是昼是夜，是寒是暑，都能给予听者一种深刻的印象。虽然这里面有部分是极简单的，如"羊头肉""肥卤鸡"之类。可是他们能在声调上，助字句之不足。至于字句多的，那一份优美，就举不胜举，有的简直是一首歌谣，例如夏天卖冰酪的，他在胡同的绿槐荫下，歇着红木漆的担子，手扶了扁担，吆唤着道："冰琪林（冰淇淋），雪花酪，桂花糖，搁得多，又甜又凉又解渴。"这就让人听着感到趣味了。又像秋冬卖大花生的，他喊着："落花生，香来个脆啦，芝麻酱的味儿啦。"这就含有一种幽默感了。

也许是我们有点主观，我们在北平住久了的人，总觉得北平小贩的吆唤声，很能和环境适合，情调非常之美。如现在是冬天，我们就说冬季了，当早上的时候，黄黄的太阳，穿过院树落叶的枯条，晒在人家的粉墙上，胡同的犄角儿上，兀自堆着大大小小的残雪。这里很少行人，两三个小学生背着书包上学，于是有辆平头车子，推着一个木火桶，上面烤了大大小小二三十个白薯，歇在胡同中间。小贩穿了件老羊毛背心儿，腰上来了条板带，两手插在背心里，喷着两条如云的白气，站在车把里叫道："噢……热啦……烤白薯啦……又甜又粉，栗子味。"当你早上在大门外一站，感到又冷又饿的时候，你就会因这种引诱，要买他几大枚白薯吃。

在北平住家稍久的人，都有这么一种感觉，卖硬面饽饽的人极为可怜，因为他总是在深夜里出来的。当那万籁俱寂、漫天风雪的时候，屋子外的寒气，像尖刀那般割人。这位小贩，却在胡同遥远的深处，发出那漫长的声音："硬面……饽饽哟……"我们在暖温的屋子里，听了这声音，觉得既凄凉，又惨厉，像深夜钟声那样动人，你不能不对穷苦者给予一个充分的同情。

其实，市声的大部分，都是给人一种喜悦的，不然，它也就不能吸引人了。例如，炎夏日子，卖甜瓜的，他这样一串的吆唤着："哦！吃啦甜来一个脆，又香又凉冰琪林的味儿。吃啦，嫩藕似的苹果青脆甜瓜啦！"在碧槐高处一蝉吟的当儿，这吆唤是够刺激人的。因此，市声刺激，北平人是有着趣味的存在，小孩子就喜欢学，甚至借此凑出许多趣话。例如卖馄饨的，他吆喝着第一句是"馄饨开锅"。声音洪亮，极像大花脸喝导板，于是他们就用纯土音编了一篇戏词来唱："馄饨开锅……自己称面自己和，自己剁馅自己包，虾米香菜又白饶。吆唤了半天，一个子儿没卖着，没留神捋去了我两把勺。"因此，也可以想到北平人对于小贩吆唤声的趣味之浓了。

高 谈 碎 语

未来的北京

一

我不是预言家，我也不是什么哲学博士，所以我这篇"未来的北京"，只是用过去的事实，印证现在的事实，更推进一步，说到将来。用这种存腐的事实，来窥测人类的进化，那是有些胡说，所以又总其名曰：姑妄言之。

我们一出大门，看见的就是车子，车子和人类进化是很有关系的。北京城里人家家用的骡车变马车，马车变汽车，就是一个明证。而今就从车子说起。

几年之后，北京城里的马车，简直可以说是没有。偶然看见一两个，也不过是送殡的丧车和娶亲的花马车，马车行十有九家关门大吉。因马车行少的缘故，汽车就格外多出来，那个时候，坐汽车很不算奇。头一点钟只要一元钱，而且可打折到八折。不过有一层，像现在人力车包钟头一样，若是只包一点钟，或者跑得路多，人家却不干。因为热闹些的街上，可以随时雇汽车坐，由前门到后门一趟，也要五毛钱，若路远只坐一个钟头，他却吃亏了。

（1926 年 9 月 27 日北京《世界晚报》）

二

汽车所以这样便宜，就因为电车是他们的劲敌。城里不必说，就以西直门外而论，电车已经直通海甸，由海甸又展长到香山这道电车路，正走颐和园门口经过。若是由城里去逛颐和园，除了电车钱而外，所花无几。就是门票（也许不要票了），只要一道，大洋一毛，里面就不另外索费了。

由西直门到香山的马路，修得极好。一下雨就满地小沟的毛病早已没有了。夕阳西下之时，只看见三三五五的男女青年，在柳树荫中，走来走去。因为国立十五校，有六校在这一带，还有几家私立大学也在这里。所以满地都是密斯脱和密斯。最妙的就是几个大学校的教员，他们在香山脚下，组织了一个新村，充满了"洋隐士"的气味。

（1926 年 9 月 28 日北京《世界晚报》）

三

学校所以都往外搬，实在因为城里的物质文明，日见进步，中国的旧道德，已铲除殆尽。娱乐场所和消耗时间、金钱的地方，实在太多。那个时候，大学生是完全自动的读书，若在城里，就不免为社会上的恶习所引诱了。别的不说，单说那种容纳污秽的饭店，南城增加到一二百家。南城有家顶大饭店，天天晚上，举行跳舞，青年男女，趋之若鹜。

因跳舞这种嗜好，由上海传来，北京有风靡之势，所以跳舞这种娱乐，已经不算奇怪。北京饭店，虽然依旧开着，却不很合中国人的脾胃了。所以谈跳舞的，都上南城大饭店。

南城大饭店，正开在繁荣的中心点，大门口真是车水马龙，热闹极了。这中心点在哪里呢？就是天桥先农坛一带。因为东西两车站，不在前门，已经移到天桥以南去了。

（1926 年 9 月 29 日北京《世界晚报》）

四

天桥之为天桥，早已是有名无实了。从前那里还有一片敞地，可以想到桥的旧迹，而今四围都是高大楼房，桥的旧址在那（哪）

儿，也捉摸不到。天桥之所以热闹，作了火车站之外，便是饭店、戏园、电影院，都凑在这里。

说到戏院，戏的趋势怎样，是我们最注意的。这时候的戏，讲究整本。左一出右一出的戏，简直没有了。每演一出新戏，戏园子门口挂了许多照片，像以前演电影，把电影的内容，宣布一样。街上的海报，固然一律是白纸写大字，可是有多数的海报，画着许多图案，引人注意。还有出奇的，把戏装的伶人，也画在海报上。

（1926 年 9 月 30 日北京《世界晚报》）

五

戏里的海报，已经进步到这个样子，戏的内容如何，不言而喻。戏一好，戏价自然也不会便宜。楼下的散座，平均卖到三块钱一位。再贵一点儿的，就是一张五元的钞票。因为社会上生活程度日高，百样东西，都比民国十五年以前要贵七八上十倍。戏子和开戏园子的人，他不能过民国十五年（1926 年）以前的生活，自然要把戏价订得高起来。

诸位！你说生活程度高到怎样？就以日用必需而论，米卖到五十块钱一包。从前两个子儿，买一个酒盅子大的窝窝头，已经嫌贵。现在窝窝头跟着望上涨，一毛钱只买三个。不过比两个子儿一个的，稍为大些罢了。何以不论铜子，而论钱价哩？原来这个时候，已实行金本位，没有铜子了。

（1926 年 10 月 1 日北京《世界晚报》）

六

东西一贵，人工也贵了。挣十块钱的，现在挣十五块钱，挣二十块钱的，现在挣三十块钱。这种工值的增加，自然有一种趋势，这也不必去细说。而工值虽增加了些，可是中产阶级以下的人，生活比以前更是难过。生活艰难，而他们娱乐的方法，却又不减少，这也是不可理解的事哩。

何以见之？我们单说电影院就知道了。就北京东西南北四城总算起来，这时共有三十多座电影院。从前演一张中国电影片，以为罕物，现在却虽（随）时虽（随）地，可以演映中国片，实在不算一回事。不过有一桩事，却是出于意料以外的，样样东西涨价，电影院却涨得有限，非大片子，平均也只好卖六七毛钱一张票罢了。

（1926 年 10 月 3 日北京《世界晚报》）

七

——灾官数目之可惊

未来的北京，做到第六条，我自己觉得太老实了，有些近乎讲学。夜光里面的文字，是不许有头巾气的，所以现在换一换口气，还是说我们那顽皮孩子的话。而未来的北京却移作小题目，免得沉闷。

交代已过，言归正传。却说百物都涨，何以电影价目依旧呢？原来这样东西，嗜好的人太多，价钱贵了，反而拒绝普通的观客。这普通观客，除了工人、小贩……之外，就要算是灾官。因为这个时候，北京的灾官，已经达到十万人上下，像早年的人力车夫一般，政府是无法解决。而前面的灾官，刚刚罢免，后面又有一批，跟上来做官。做了官，依旧是不能得薪水，就变成了第二批灾官。这样一批批多下去，所以达到十万，尚有加无已。

这时就有人提议，把灾官编成二十个混成旅，开到西北去开垦。

随时随地，昨误为虽时虽地，特此更正。

（1926 年 10 月 4 日北京《世界晚报》）

八

这种编灾官为二十混成旅的话，虽然有些奇异，可是灾官得了这个消息，却欢喜得了不得，以为到了西北，有地可垦，有畜可牧，总不至于饿死。居然在天安门开了一个灾官大会，要商议进行这一种事情。谁知群众的地方，人心最容易获发，登台有几个人一演说，把木头抛开了，有人主张到国务院去请愿，而且还举行示威运动。

结果，都办到了公推欠薪二十四年的主事，当示威队指挥。又定了八个字的口号："要求政府，发清欠薪！"也不知道谁人预先带了白纸识帜，藏在衫袖里，这时都拿出来了。上面写着："枵腹何以从公！殊属不成事体！不胜迫切待命之至！"

国务院听了这个消息，连忙召紧急会议。

（1926 年 10 月 5 日北京《世界晚报》）

九

——发行欠薪公债遣散灾官

当时大家议论之下，这种灾官，聚众滋事，本来有失官体，致干未便。但是官官相护，大家都是做官的，又何必难为他们。再说灾官在十万上下，诛之则不胜诛，也不敢怎样。后来由财政总长提议，发行欠薪公债三千万，遣散这些灾官回籍，以为一劳永逸之计。大家都说此法甚好，照计而行。一会灾官示威队到了国务院，国务院就把遣散的话隐云，发行公债的话提出，大家果然欢天喜地而去。

后来政府发了一道命令，所有灾官，一律缴呈凭状，领资回籍。计特任官每名三十元，简任官每名二十元，委任官每名十元，荐任官五元，舟车准予免费。如有不缴凭状者，捉到者去拆城修马路。这些灾官，事出无奈，只得听候遣散。

（1926 年 10 月 6 日北京《世界晚报》）

十

——大批学士投考警察

自从政府遣散灾官之后，北京倒少了许多闲人。不过灾官走了，候补做官的，依然不少，第一，就要算是大学毕业生。官既补不到，后来索性降级以求，像什么电车卖票生、公司里的小书记，都肯去做。又一次警察厅招考，只考四十名警察，却有二百多大学生投考，而且里面还有两个硕士。

到了考试之期，这二百多大学生，戴着方块平顶的学士帽，穿着大袖翩翩的学士衣，手上拿着毕业文凭，前去入场。考试的结果，自然完全取的是大学生，可是还有一百多大学士名落孙山呢。就是两个硕士之中，也有一人落选。大学生这样，自然男女一律。可是这时候女权膨胀得厉害，女子在社会，服务的已多，单以女招待员而论，就有整万多人了。

（1926年10月7日北京《世界晚报》）

十一

——送座儿的改为女招待员

用这种女招待员的地方，很多很多，大概说一说：旅馆、番菜馆、咖啡馆、理发馆、洋货店、文具店、绸缎庄、南式茶楼、酒馆、球房。总而言之，凡店里不用卖力气，而为上等人光顾的地方，都有女招待员。

譬如原来绸缎庄送客的、酒席馆送座儿的，原无设置之必要，后来一设置惯了，你家没他家有，为商业的竞争关系，不得不添设。那时家家用招待员，情形也是如此。酒馆门口，从前原是坐着几个粗人，满身油腻了。如今就改为女招待员承之。她们梳着烫发卷，穿漂亮的衣裙，主顾一进门，她说一声 Good Morning Sir！比什么"您来啦"两（三）个字好听得多了。你若是走出去，她也不是说"走啦"乃是伸出一只雪白的手，和你握着，说一声"谷得拜"！

（1926 年 10 月 8 日北京《世界晚报》）

越穷越闹越穷

北京土语，有"闹穷"两个字，真是春秋的笔法，言简意深。从来有钱的人家，要吃办吃，要穿办穿，就各乐其所乐，没甚可说的。穷人家则不然，要什么没有什么，不能不生气。一家人你不生气我生气，就不能不闹。所以这个"闹"字与穷的关系实在太深。

不过一闹起来了，大家就无心办事。不办事，哪来的进项？越发地要穷了。所以一个人家，若是因穷而闹，必定又因闹而穷，结果是越穷越闹，越闹越穷。

闹惯了穷的朋友说，我是一个索薪团的人物，很佩服你这话不错。但是这种趋势，倒不限于一个人家呢。

（1926 年 12 月 3 日《世界晚报·夜光》）

望低处看

昨晚自城外沐浴归，途中大雪漫漫，卷风乱舞，于凄凉之街灯下观之，则吾车入云雾矣。行行重行行，转入永巷，于万籁俱寂中，唯闻车夫脚步踏雪瑟瑟作声。探首车篷外，窥两旁人家，双扉紧闭，似此中人，皆已拥被沉沉入梦，不知巷中雪深几许矣。意方作遐想，恰值雪花扑入项脖间，其凉透骨。于是予发微喟，终日碌碌，偷闲一浴，犹不免冒风雪，远不若此两旁人家主人翁得高枕而卧也。

是时车夫方逆风而行，在雪阵深处，口中嘘气如云。予又转念此亦人子也，我乘车而归，意犹不欲，彼在大雪中奔波又奈何？此意方转，复人家大门下，一人卷缩如刺猬，身无衣，代之以麻包与报纸。其体巍巍而颤，若闻其齿击发声格格也，此亦人子也。车夫吃苦卖力，终得饱暖，似此雪夜无家可归者又奈何？一刹那间，予之思想凡数变，而于人生观中，遂得极妙之安慰法。其法维何，即望低处看是也。

归来把笔于火炉下为此文，心思洞然。但对风雪中卧人大门之子，忽遽间过之，未一破悭囊，给一碗粥钱，则犹不免略有芥蒂耳。

（1927 年 1 月 14 日《世界晚报·夜光》）

骡车走沥青油马路

天演论不适于北京。

天演论说，适者生存。换一句话，也就是适者保留，可是这话，就很难解决。

无论是谁，他准知道坐汽车马车甚至人力车，都比坐骡车强。那种骡车，只好算是半截轿子，滚起来嘀嗒嘀嗒，车子一颠一倒，坐车的人，不谈适不适，若是坐久，浑身的骨头，都得抖散了。

可是北京有钱的旧人物，他以为这很适。家里有两（俩）钱，就自打上一辆。这种千百年前的古品，一样可以在沥青油的马路上，缓车当步。这也是适合保留吗？哦！

是了，大概天演论，是不适于北京的。

（1927 年 10 月 1 日《世界晚报·夜光》）

路树与街灯

路树与街灯，这都是市政上必要之物。我现在不是说他好，却是说他坏。

昨晚自和平门归，师大大门以北，有两棵路树，都只丈来高，因为新砍之后，树叶簇拥一团。恰好那根电线杆，直立在树边，那盏电灯，不偏不斜，正好藏在绿叶丛中。提到这一棵树，白天固然是不能挡太阳。就是这一盏灯，晚上也不能前后照着二丈。于是乎两样有益的东西，倒并成了一种废物。这种现状，北京很多。市政之不大高明，于此也可见一斑了。

有人说，若是这样论市政，也是见一钩金，而不见舆薪了。哈哈！吾复何言！

（1928 年 5 月 6 日北京《世界晚报》）

房东的话

一年以来，北京别无富余，房子却有富余。我们试在胡同里绕一个弯，随便也可以看到十张上下的召（招）租帖子。

吃瓦片儿的房东，对于这事，是十分头痛的，自然也有一番精密的研究。其中之一，向新闻记者（我）发表谈话。这倒不一定是住房子的人，有些出租，实在因为其中一大部分，都自动地降等，独当一面的，改了与人合住。原来与人合住的，这又再加入股子，房子还是依旧，住的人却极力团结起来，自然空屋子多了。所以要恢复原状，非让许多房客发财不可。然而很难了。

在这一段话里，我们可以知道北京社会状况之一斑了。

（1928 年 5 月 15 日北京《世界晚报》）

雅而不通

北京各胡同的名字，向来不雅。什么大哑巴，什么猪尾巴，不知当日怎样会起这种名色？在宣统初年，曾实行一回改名运动，于是大哑巴，变成了大雅宝；猪尾巴，变成智义伯，到于今还是如此。可是雅虽雅了，通却不通。昨日在晚报上，看见一个尧治国胡同的名字。这真妙极了。尧治之国，相信尧治国，一定是尿瓷罐或者窑瓷罐的转音。尿瓷罐一变而为尧治国，不亦骂人之甚乎？其实要改胡同名，根本上就改过来，何必要谐那个音。官场做事不彻底，这也是一端。

（1927 年 10 月 3 日《世界晚报·夜光》）

北京城里三样好

北京城里三样宝：鸡不啼，狗不咬，十七八岁姑娘满街跑。在前清的时候，我们在南方就听到这个好歌。现在呢，鸡固然是啼，狗也能咬，十七八岁姑娘满街跑，不但北京如此，全国也是如此，所谓三样宝，一样也不能算宝了。

据我看来，应该改一改，歌曰：北京城里三样好，尘土多，现洋少，大人老爷满街跑。诸位，你想我这话对不对？

（1927 年 10 月 20 日《世界晚报·夜光》）

送寒衣

昨天是阴历十月初一日，北京的风俗，家家得给鬼送寒衣。自下午三点钟起，到晚间十点钟止，大街小胡同，不断地有人在大门口烧纸。说句无出息的迷信话，这纸真能够变作鬼衣，鬼倒未冷而先有衣，今冬不必发愁了。

唉！这样看来，人倒不如死了做鬼好啦。据我看，有这样热心的亲戚朋友，到了十月初一就给他预备寒衣吗？虽然说人衣和鬼衣价值贵贱不同，可是鬼冷谁也没看见，这送寒衣的钱那（哪）怕再少，不能不算白花。人的冷，是大家看见的，何以不预为之计哩？人不如鬼，人不如鬼！

（1927 年 10 月 27 日《世界晚报·夜光》）

小三天

北京娶亲旧俗，分三天办完。第一天迎妆，第二天娶亲，第三天会亲。由这样办去，娶女的男家，自然要办三天的喜事。可是后来大家觉得太花钱，把三件事一日办完，就是早晨迎妆，上午娶亲，下午会亲，总名儿叫小三天。于是有人做了一首打油诗说：娶亲苦怕费多钱，旧有章程下马筵，莫怪近来年月紧，一天竟叫小三天。

由我想，这种因陋就简的时代，能够化大为小，化零为整，一举办完，未尝不可。如若是有其名无其实，倒不如三天事做三天办，可只花一天的钱，还有一个空架子在呢。不过我所论的，是指社会上一般事，并不限定娶亲。

（1928 年 1 月 12 日《世界晚报·夜光》）

北平要长衫朋友帮忙

在长衫应打而未倒之时，文人穿长衫的还极多，所以我这里还袭用长衫朋友的名称，而且在说到此名称时，我很热烈地要希望大家一件事。

现在！北京改为北平了，失了二百年政治重心的地位。北平一百二三十万依此重心吃饭的人，都要着慌，不知如何是好。但是不要紧的，我们可以想一个法子，把政治中心点，改为文化中心点，一样的可以养活一百二三十万人。您不瞧见许多壮丽的王爷府侯府，都是极好的文化机关吗?

怎么能造成一个文化中心点呢? 那就全靠长衫朋友努力了。北平人应该把注意武装同志的精神，移到长衫朋友头上来才好。

（1928 年 7 月 24 日《世界晚报·夜光》）

明天雇辆汽车来

——中山公园门口偶成

逛中山公园的人，坐汽车来，可以一直坐到门口。马车呢，就在桥头。人力车呢，不上桥头巡警便拦住，不许上前来。小生（小生或作僧）与人无犯，与物无竞，倒无所用心。前天碰见一个湖北人，和巡警大辩交涉，说是："现在不是四民平等吗？为什么汽车能上前，我的包车不能上前？"巡警含糊说道："我们的用意，原来是在拦住营业车。"那人说："我的车，并不是营业车呀。"交涉许久，没有结果，买票进门去了。

小生有感于此，作诗一首云：得马虎处且丢开，不肯马虎是祸胎。此耻欲除原甚易，明天雇辆汽车来。

（1928 年 8 月 2 日《世界晚报·夜光》）

焦德海下天桥了

在北平的人，喜欢听杂耍，他必定知道徐狗子、万人迷、华子元，以至于焦德海。你若在游艺园杂耍场玩过，于座客的狂笑声里，必定认识两目不能睁开、满脸烟容的焦德海。他的技术，是和阔广泉合演相声。你看他穿一套长衫马褂，在杂耍台上演倒第二的码子，也就斯文一派。游艺园、新世界等处，虽然各种人都有，至少也是中产阶级的俱乐部，所以焦德海也就接近中产阶级了。

前天偶然因买东西上天桥，在那不大卫生的空气里，忽然见焦德海穿着短衣（也许打倒长衫了）在那里唱莲花落。不用说，降等了。降等虽然可叹，我想他一定觉悟得原来地位不易维持，赶快去宁为鸡口，还不失为知机。我很希望北平灾官照方吃炒肉。

（1928 年 9 月 3 日《世界晚报·夜光》）

红煤要成燕窝了

冬天快来了。在北平的市民，除了粮食而外，最不可缺少的一件东西，就是煤。所以煤价高低，和市民生活有极大的关系。

这几年因为交通不便，各处的煤都没有法子运到北平来。一到冬天，各项煤价，总是往上涨。不但一般穷市民对于这件事很是担心，就是许多量入为出的人家，一过阴历九月，凭空要添出一项重大支出，也是十分焦急。在去年冬天，红煤已经成为鱼翅席，平常人家不用。今年市面更穷，而煤价早有往上涨的形势。今年红煤，恐怕不是鱼翅，更是燕窝了。将奈之何？

我很想和关系各方面请个愿，红煤还让它回到红煤的地位上。

（1928 年 9 月 30 日《世界晚报·夜光》）

说谎价

做生意没有一定价钱，这就含着不诚实的意味。照商人道德上说，那是不许可的。但是不顾道德，能够挣钱，倒也罢了，偏是越会说谎的，越是小生意经，并不见得比别人的买卖好。

昨晚偶然到东安市场去买一套绒衣，光顾了好几个摊子。一个摊子，开口一块八毛钱一件，一个摊子，开口一块六毛钱一件，主顾都问了就走。一个摊子开口只要九毛钱一件，绝对不让价，生意就很好，摊子上却不断地有人来。由此看来，生意挣钱之不挣钱，在乎说谎吗？

东安市场，是规规矩矩的商场，不应该学天桥小贩那种样子骗人。骗了人一回，决计不能骗人二回。久而久之，骗名一出，生意恐怕不会好吧？我若是做生意，我宁可言不二价。

（1928 年 10 月 18 日《世界晚报·夜光》）

要不要彩牌坊

　　权利所在，就是骨肉，也不会相让，更不要谈于亲友了。所以一项职业，同时由两方面去办，没有不捣乱的。咱们中国人有一句格言，同行是冤家，正是指此而言。

　　顺直门内西大街，有两家布店，比邻而居，入秋以后，正在大放盘，不过一家扎了彩牌坊，一家没有扎彩牌坊。没有扎的，未免相形见绌。于是用纸贴在一块小板上，写着字道：本店省去彩牌坊之虚耗，将此款折入本钱真正减价。这样一来，把扎彩的骂苦了，而且那一块板子，正靠住了这家的店门。这家怎么样呢？他也如法炮制，写了一块板，那字是：本店既不惜彩牌坊之小费，则减价更见诚实。挖苦得更厉害！这一块板就和那块相并摆着。板子是不要面子的。这两家朋友，天天见面岂不难为情？嗟夫！利之所趋，有如是者。

（1928 年 10 月 21 日《世界晚报·夜光》）

中南海开放以后

历代皇帝遗留下来的三海，现在已经还诸民众，这也是北平市民所认为最痛快的一件事。不过开放之初，虽不能谈什么建筑，却有几件小事，应先改革一下。

一、沿着路边，应当添几张露椅。（无钱买也可想法去借。）

二、各种标语，指定一定地方张贴，不要到处都是，致碍美观。

三、茶社在一个名胜地方，只可让他占一个犄角。如瀛台是南海精华之一点，整个的成为茶社，大煞风景。四、流水音是古今中外播为美谈之处，虽发音还得修理，应先让那里有水。五、园内人力车价过昂，至少应减去三分之一。六、已开放的各处，不应再让其他团体占据，贴上游人止步的字条。不然，岂非少数团体开放？好了，只谈这些，较大的建筑，望之将来吧。

（1928 年 10 月 24 日《世界晚报·夜光》）

隔壁王妈妈死了

这真是我的不幸，自从搬到宣武门内以来，总共有六个月。六个月之内，胡同左右前后，差不多死了十五六个人。

平均算，每个月里，要死两个又几分之几吧？读者说，慢来慢来，这不关你的事呀。从前有个秀才不剃头，有人问他什么道理，秀才说，隔壁王妈妈死了。那人说，隔壁王妈妈死了，和你什么相干？秀才说，那么，我不剃头，又和你什么相关？这篇南天北地，似乎也是秉此原则而来，未免言出其位，有伤君子之德吧？

这话，诚然！但是读者未尝做我这个不剃头的秀才，你若是做了这不剃头的秀才，你一定感到，隔壁王妈妈死了，却是痛痒相关，未可漠视。何以言之？原来我胡同里每死一个人，至少我总要受一天一夜活罪。头几回呢，那还罢了，昨天死人真死到我隔壁来了，虽然不知道是不是王妈妈，我真成了某秀才了。

白天自上午九时起，鼓咚隆鼓咚当，鼓咚隆鼓咚当，曾到国会请过愿，总统私邸示过威的杠夫先生，闹了一天的大钟大鼓，那也罢了。到了晚上，杠夫先生下班，换了一班唱曲子给死尸听的和尚上台，这可就受不了。我刚从外面回家，就听见一阵呜里呜啦的声音，顺风而至。我猜，这是小唢呐配着笛子之类，令我感到有听蹦蹦戏那样难安。好在家里人也是刚吃完饭，饱食无事，闲谈闲谈，也就不理会了。一会儿，呜里呜啦停了，换了呛当呛当，大概是大钹和大锣，诸位若是曾听过老戏，你就知道男女二将交战打出手的时候，和这种和尚曲子的锣鼓差不多。无论如何，两耳要未经过旧戏院的训练，是不大受听，而何况这又是光听而不瞧。我这时，真有些不耐烦了。

好容易呛当当呛当停啦，接着便是呜里呜啦一会子吹，一会子打，一直就闹到十二点。我真佩服我一般街坊，他们一律安然入睡。于是四围寂寂，万籁无声，声在后院茅厕之后。当是锣声，鼓咚是鼓声，叮是小铃声，呛是大锣声，嚓是大钹声，呜啦是唢呐声，呜哩是笛子声，还有秃秃秃，是木鱼声，我全能分辨了。我听得正烦恼，他们就越打越起劲，越吹越起劲，大有再接再厉之概。我在游艺园步月而回，肚子里两句歪诗，早是油然而兴，这时想写出来，不料被他们这一阵锣鼓冲锋，它小巫不敢见大巫，就吓回去了。

虽然，吹打犹可听也；吹打之后，和尚师傅，又实行唱曲子了。那声音是：呵呀呀呀！郎当郎当又郎当！叮叮叮！呵呀呀！哼哼哼！我这真不知其可了。孔子曰："是可忍也，孰不可忍！"我真恨不得跑了过去，在秃脑袋上，一个个给他一爆栗。

写到这里，一点多钟了。以后应当是焰口。前次胡同口上放焰口，我领教了。先是工工四尺上，合四上。一阵八板头，打花鼓出台。接上多勒梅梅勒，扬州打牙牌。再下去，梅索梅勒多梅勒，探亲家。最后，挑起担子走四方，一脚踏进王家庄，大补缸。今夜晚，我又要在枕上领教这个吗？写到这里，我真不寒而栗。

闲话少说罢，市政当局呀，死人，我们从俗，无法能禁人家请和尚念经。但是，念经何必要乐器？要乐器罢了，何必唱小调？我就极端迷信地说，让我做了阎王或小鬼，我也不能听了一阵小妹妹打牙牌，就放过新勾来的死者，恐怕还要治他家人以败坏风化之罪呢？那么，这种和尚淫曲子，就事论事说，不也应该禁吗？至于一家死了一个人，吵得四邻整夜不安，关于晚上不准念经一节，未免太维新，不是中国人说的话，我也就不敢说了。

书于月斜星角，叮当呜啦之声中。

（1929 年 9 月 20 日北平《世界日报》）

黑巷行

虽然经过长期菜油灯的训练，我们生活在这名城里，缺少了电灯，总觉得环境不大调和似的。家住城西，左右很少达官贵人，停电是宁滥毋缺。而在煤油灯下，又老提不起笔来，于是借这停电之赐，常溜他一趟大街。安步当车，借资消遣。

到北平来，用不着手杖。但我有一支川友所赠的名制，已随行万里，在安步当车的时候，这责任就付给了它。出我的家门，黑魆魆地走上门前大路，上闹市，又要穿过一条笔直长远的大胡同，胡同里是更黑，我扶手杖，手杖也扶着我。胡同里是土地，有些车辙和干坑，若没有手杖探索着，这路就不好走。在西头遥遥地望着东头，一丛火光，遥知那是大街。可是面前漆黑，又加上了几丛黑森森的大树。有些人家门前的街树，赛过王氏三槐，一排五六棵，挤上了胡同中心，添加了阴森之气，抬头看胡同上一片暗空，小星点儿像银豆散布，已没有光可借。眼前没人，一人望了那丛火光走去，显着这胡同是格外的长。手杖和脚步移动，其声笃笃入耳。偶然吱咯吱咯，一阵响声，是不带灯的三轮儿，敲着铁尺过来，哧的一声由身边擦过去，吓我一跳。再走一截，树荫下出来个人，又吓我一跳。一个仿佛是女子，一个手扶自行车的，女的推开路边小门儿进去了，自行车悠然而逝。再过去，一个黑影，从地跃起，汪的一声跑了。自后是无所遇。只有隐隐中，看到人家街门参差着，相对向我紧闭。走近一片矮店，门板门缝里，放出几线灯光。里面有人说话声，这颇有点诗意，此行不无所获。我没出胡同，就又回去了。

（1947 年 8 月 14 日北平《新民报》）

对照情境

冬至矣，乃苦念北平。未至北平者，辄以北平之寒可怕，未知北平之寒，亦大有可爱处。试想四合院中，庭树杈丫，略有微影，积雪铺地，深可尺许，平常人家，北房窗户，玻璃窗板，宽均数尺，擦抹使无纤尘，当此之时，雪反射清光入室，柔和洞明，而室中火炉旺燃，暖如季春。案几之间，或置盆景数事，生趣盎然。虽着薄棉，亦无寒意。隔窗看户外一片银装玉琢，心地便觉平坦舒适。若得小斋，稍事布置，俗所谓窗明几净者，唯能于此际求之耳。

自然，雪非人人可赏者。冷眼旁观，则此项舒适反映，亦北平最烈。当满城风雪，街道入荒凉世界时，街旁羊肉火锅馆，正生意鼎盛。富家儿身拥重裘，乘御寒轿车，碾街上积雪作浪花飞，驰至门首。掀棉门帘而入，则百十具铜火锅，成排罗列店堂中，炭烟蒸汽，团结半空，堂中闷热不可当，亟卸皮裘，挽艳装少妇而趋入雅座。此等店门悉以玻璃为之，内外透视，则有窭人子身披败絮，肩上加以粗麻米袋，瑟缩门下，隔玻璃内窥，冀得半碗残汁。而雪花飞沾其枯发上冻结不化，银饰星缀。视其面，则紫而且乌，清涕自鼻中陆续渗出。同为人子，二门之隔，悬殊若是。然记得当年，固无人稍稍注意也。虽然，此并不足为北平病，天下何处不如此？草此文十分钟前，见溪上小路，一滑竿抬过。抬前杠者，为一老人，鸠形鹄面，须蓬蓬如乱草，汗流如雨，气喘吁吁。而坐竿上者则西装壮汉，方闲眺野趣，口作微歌。此与北平羊肉馆前小景，又相较如何乎？

歌以咏叹

咏北京

有人咏香港云：五百田横亡命客，三千管子女闾家。又咏上海云：烟花黑海二三月，灯火红楼十万家。都用数字，都用麻韵，殆以家字故，不得不如此乎？

北京首善之区也，以无风三尺土，有雨一街泥咏之，终为减色，我拟二诗，为一联曰：劫后楼台千古梦，望中尘土万人家。或曰：依然有土气息，且失之雅。予曰：然则，四城狗苟蝇营客，一带钟鸣鼎食家，如何？某乃点首。

（1927 年 9 月 4 日《世界晚报》）

冬日竹枝词（十八首）

其一

风娇日嫩不须猜，落锁城门面面开，

户籍人逾三百万，依然潮涌客频来。

其二

西直华门五级雄，门前车马各西东，

颐和园路双衢渡，四月扶疏万绿中。

其三

千人一直把班排，为候通车立两街，

尽管五分开一辆，后方踢碎踏青鞋。

其四

扶梯竞买气如流，百货堆山任指求，

新妇笑言语夫婿，花标更上一层楼。

其五

长安街上地常平，万点灯光不夜城。

安步当车街树下，夕阳西落路边情。

其六

溜冰队子去如梭，十里平铺太液波，

独立五龙亭外望，夕阳群岛彩云多。

其七

太液湖边一镜悬，湖边洗眼梦如仙。

群阴岛上登高望，万里长空月正圆。

其八

西北郊区大学村，新添平路转乾坤。

今朝已毕星期课，车子迎人到校门。

其九

鸡鸭鱼虾异样装，香蕉川橘广柑黄，

公司陈设江南味，不觉忙年在客乡。

其十

几束梅花护短瓶，一番年味闹家庭，

小儿扮出英雄样，新制蓝衫号列宁。

十一

粉衫罗袖倚云裁，蝴蝶装成促对来，

看画儿童齐识得，梁山伯与祝英台。

十二

尽情戏笑紫灯红，妙曲传来绿线丛，

正是八音琴盒里，马连良唱《借东风》。

十三

携篮排队户为穿，各处知狂站队圆，

笑语一声轮到了，大包回去过新年。

十四

人日戏看奏凯还，几多客喜定军山，

此中自有中原策，诸葛先生指顾间。

十五

昨宵守岁快高谈，元旦正逢二月三，

出得城来骑马去，几多滋味似江南。

十六

修文虽老志犹存，总觉书翻百事根，

待得柔风和丽日，一年几踱海王村。

十七

屠苏小酌有余香，四壁红灯守岁长，

山鬼亦惊动地响，今年爆竹比人忙。

十八

卖文自觉淡烟低，托笔寻碑未敢题，

正是京城天欲白，一声惊醒五更鸡。

（1953年）

咏北京出土文物（十二首）

其一

石斧微弯似老拳，筋纹巨细几多年。

若教玩斧人长寿，尚在唐虞二帝前。

斧经唐琢，其大如拳，据考古家之研究，当在三千年以上。

其二

形似花瓶是酒壶，玉觥微浅蚌遗珠。

明灯釜巨中心纽，陶器精工并世无。

东汉陶器，应有尽有。不过形式与现代不同。壶是一葫芦瓶，玉觥像蚌半面。灯最精，其下是一圆形之盘，外塑花叶四枝，中间塑一纽，约有一升，中置灯草。

其三

碧玉装成第二楼，雕栏四望五湖秋。

一千八百年间事，直到知（如）今尚保留。

东汉年代，雕楼共有五座，其中两座最精。飞檐四起，其上为楼。楼一正面无窗，两侧开一圆窗。其一正面有窗，均系雕花，大如楼面三分之一。其上雕栏为扶手，环绕三面，即今人家之看楼也。

其四

细说当年是幼殇，瓮棺对剖尺余长。

若非考古先生定，炸弹当埋作一行。

瓮棺，埋小儿用，出在汉朝，共为两截，每截尺余，合拢为棺，埋置土中，绝似飞机所用之炸弹。

其五

十岁儿童列石棺，一棺零凑一棺完。

吾人细度古人制，贫富分明细处看。

　　出土为两棺，一棺极为完整，一棺系六块青石拼成，右方掀开一块，即是一盖。问其年代，完整者系汉代，零凑者是北朝，细看完整与否，似乎贫富之间，分别尚属显然也。

其六

东汉铜模尚短身，唐朝雕塑似全人。

自从北国辽金后，骑马骄儿系画神。

　　东汉铜模，其长不到一尺，头大，人身细小。及唐，人身约二尺，诸如人样。再近，降及北朝，则有陶器，人身披锦袍矣。

其七

十丈冥台若锦成，当年可想世间情。

纵然五个生辰出，刺史棺飞未有名。

此为唐墓，下有甬道冥台，冥台尚有一碑，题曰刺史薛君。冥台尚有十二生辰之像，挖出五个，长有一尺六七寸。据工作人员云，此墓被盗过，棺已无存，亦不知薛君，是何名字也。

其八

静静七棺占一行，石雕宝座列前方。

五供缸彩俱罗置，尚有何人进御香。

此系明朝妃嫔墓，墓中共有七棺，列为一排，占最后一行。其前，列宝座，系石制，约可坐三人。宝座之前，列五供，尚有一缸，盖入葬时，装油点灯者也。

其九

缸内存油似画烟，只余故烛尚依然。

原因养（氧）气无存在，嘉靖算来四百年。

墓中蜡烛，烛台上尚存在三分之二，长可二尺。缸

内油都飞尽，盖四百年矣。

其十

珊瑚翡翠凤凰钗，满绕金圈下绿阶。

尚有玉环俱插首，不知插者怎安排。

妃嫔均戴金凤，或一个，或一双，俱属细工，精细

无比。下有插簪，据估计，每个均一两有余。此外尚有

一种金圈，共计七八环，绕于手臂，其重亦有五六两也。

十一

接近衣裳冉冉香，原来衣里挂金囊。

球形内有返魂术，胜睡当年七宝床。

明代香囊，其大约如一杯。上绕金丝，亦插一柄。

当年无香晶（精）等物，富贵人家，方有香囊也。

十二

地号幽州对北开，辽金元代向东来。

细推再过十年后，尽把荒田变锦堆。

　　北京古号幽州，其城在今日北京之西南。辽金时代，慢慢东移，约为今日北京内城之西四牌楼前后。元明后辟京城，始有内城全部。明之末年，不（又）增外城。今则四城内外，均大为建设，再过十年，城外民田，俱盖楼房矣。

（1954 年 5 月）

游北京西山八大处（四首）

其一

灵光寺里寄游踪，看石引鱼兴转浓。

最是疏栏亭子好，一弯斜扑两三峰。

灵光寺有大池，养金鱼甚多。游山看鱼，这倒有趣。

灵光寺有卖茶及点心处，这里为游人集中地。

其二

登山力赴缘槐街，涉涧游人薜滴鞋。

一看春衫幽壑意，导诗终日碧魔崖。

碧魔崖结构，斜径有趣，幽壑很深，要渡涧，穿槐荫，

柏树荫始到。

229

其三

白果年高可拂檐，铺门小竹晚寒添。

徘徊人静三更妙，一寺花香月满帘。

大悲寺内白果树二株，乃元代遗物。寺内种竹，颇佳。

其四

唐塑庄严妙法传，裟（娑）罗树老欲参天。

院中拾级凭栏望，锦地烟霞大道边。

香界寺是唐代所筑，有千手观音、五百罗汉等塑像。娑罗树两株，为建寺时所植。

（1956 年）

今日陶然亭（六首）

其一

忽见眉痕一道弯，半湖青影水云湾。

登楼尤觉诗情妙，仿有西南不尽山。

其二

双影巍峨一望收，陶然亭对绘云楼，

最佳三月桃花浪，绕屋穿桥细细流。

其三

一弯艇子浪花飘，打桨高歌过小桥，

柳叶月明三径内，凭栏清话度今宵。

其四

平坛箫鼓隔河明，作蝶纷飞系我情。

直待夜深箫鼓歇，贪求逐月顺山行。

其五

微风拂水若含香，小步忘劳渡野塘。

偶在柳阴闲坐定，夕阳下了晚尤凉。

其六

傍山依水五云栽，红玉开时笑口开。

闲步百花亭子畔，直将香家唤归来。

旧京过年竹枝词（八首）

其一

青青松柏万年枝，踏碎芝麻子仳离，

遍地铺来随意踩，看谁先到凤凰池。

其二

含欵成多未记钱，蜜供送达我门边，

心林无限西来意，宝塔玲珑献佛前。

其三

声音达到画堂边，来了财神结善缘，

钱付此人刚引去，又逢一队大门前。

其四

火树银花不夜城，迎年爆竹闹长更，

约停东郭西邻放，守岁终宵响到明。

其五

更始缔交翰墨缘，街头狷缩冷堪怜，

新抄旧句沿墙挂，两字书春售对联。

其六

桃符换了近春天，扫净庭园好度年，

值得儿童齐鼓舞，逢门三五贴花笺。

其七

切菜和浆喜欲狂，文钱密裹小姑忙，

此中饺子三千颗，隔岁尝来素馅香。

其八

苹果堆红福字添，花盆杂拌上供甜，

如雷爆竹惊庭院，焚罢佛香正卷帘。